KiWi
PAPERBACK
1054

Das Buch

Julie, 18 Jahre alt, Tochter aus bestem Osloer Hause, der Pool wird gerade neu gefliest, in der Garage steht der BMW neben dem Jaguar, ist plötzlich auf sich allein gestellt: Vater, Mutter und Bruder sind bei einem Flugzeugabsturz über Afrika ums Leben gekommen. Als ein halbes Jahr nach dem Unfall Silvester vor der Tür steht, hat sie nur einen Vorsatz für das neue Jahr: selbst zu sterben.

Julies größte Schwierigkeit bei ihrem Vorhaben ist jedoch ihr Standesdünkel, der sie davon abhält, irgendeinen gewöhnlichen Selbstmord zu begehen. Nachdem ihre Versuche in Oslo scheitern, verlässt sie die Stadt und begibt sich auf eine wirre Reise, immer auf der Suche nach dem exklusiven Tod. So versucht sie, sich von einem Lustmörder umbringen zu lassen, der leider völlig harmlos ist, versteckt sich auf einer Geflügelfarm in Rumänien, um die Vogelgrippe zu bekommen, und denkt darüber nach, Mohammed-Karikaturen anzufertigen. Erst als sie tatsächlich kurz vor dem Ziel steht, überlegt sie es sich anders. Zu spät?

»Loe tut die Dinge auf seine eigene Weise, erschütternd komisch, satirisch, ironisch. Leicht gelesen, aber nicht leicht vergessen.« *Klassekampen*

Der Autor

Erlend Loe, geboren 1969 in Trondheim, Studium der Literaturwissenschaften in Oslo, später an der Dänischen Filmschule in Kopenhagen und an der Kunstakademie in Trondheim. Lebt als Schriftsteller, Drehbuchautor und Übersetzer in Oslo.

Der Übersetzer

Hinrich Schmidt-Henkel, geboren 1959, lebt in Berlin, übersetzt Prosa und Theaterstücke aus dem Französischen, Norwegischen und Italienischen, zuletzt vor allem Jean Echenoz, Tanguy Viel, Jon Fosse und Erik Fosnes Hansen.

Weiterer Titel bei KiWi

Doppler, KiWi 1007, 2007.

ERLEND LOE

ICH BRING MICH UM DIE ECKE

Roman

Aus dem Norwegischen
von Hinrich Schmidt-Henkel

Kiepenheuer & Witsch

1. Auflage 2008

Titel der Originalausgabe: Muleum

Aus dem Norwegischen von Hinrich Schmidt-Henkel

Umschlaggestaltung und -motiv: Rudolf Linn, Köln
Gesetzt aus der Minion
Satz: Pinkuin Satz und Datentechnik, Berlin
Druck und Bindearbeiten: CPI – Clausen & Bosse, Leck
ISBN 978-3-462-04017-3

Wir stürzen ab.
Ich liebe Dich.
Tu, was du willst.
Papa.

(SMS aus einem Flugzeug über Zentralafrika im April 2005)

15. Dezember 2005
Es ist nicht meine Art, Tagebuch zu schreiben, aber alle sagen, ich soll es tun, und jetzt kann ich schon wieder nicht schlafen, ich liege da und spüre, dass ich jetzt wütend genug für so was bin oder fertig genug, oder was es auch sein mag, jetzt werde ich also schreiben, und der Psychotyp mit dem Bart da unten in der Stadt, in der Klinik, der jetzt seit bald einem halben Jahr herumnölt, dass ich mich öffnen soll, meine eigene Trauer spüren soll und all das, der kann sich freuen.

Diese ganzen Leute, die nur mein Bestes wollen, die habe ich scheißsatt. Und auch, dass alle es so furchtbar schlimm finden. Maßlos schlimm. Niemand kann mich ansehen ohne gleich diesen »Ach die Ärmste«-Blick. Ich hasse das immer mehr. Ich finde es ja auch ziemlich schlimm, aber das ist doch meine Sache. Ich werde noch verrückt davon, unablässig die Ärmste zu sein. Als ob sonst niemand etwas Trauriges oder Schwieriges erleben würde. Als ob ich die Einzige auf der Welt wäre, die ihre Familie verloren hat.

Fräulein Meier ist immer eine böse Hexe gewesen, aber seitdem ich allein bin, säuselt sie nur noch herum, alles ist ganz wunderbar, auch wenn ich meine Hausaufgaben nicht gemacht habe, fast wäre es mir lieber, wenn sie immer noch eine Hexe wäre, aber das kann ich ja irgendwie nicht sagen, und Constance, die Ärmste, weiß gar nicht, wie sie mit mir umgehen soll. Heute war ich irgendwann so weit, ihr zu sagen, sie soll sich ihre Scheiß-Pferde in den Arsch stecken. Wir saßen in der U-Bahn auf der Heimfahrt vom KG, dem *Kristelig Gymnasium*, und als wir in die Station Besserud kamen, nahm sie meine Hände und flehte mich schier an, ich solle nach Sørkedalen zum Reiten mitkommen. Seit Monaten quält sie mich damit, dass ich zum Reiten mitkommen soll, wenn man Constance glaubt, ist das Reiten das reinste Allheilmittel, ich brauche mich nur auf ein Pferd zu setzen, schon spielt es irgendwie überhaupt keine Rolle mehr, wie viele Familienmitglieder ich verloren habe oder auf welche Weise, denn das Pferd mit seiner Wärme und Kraft und so weiter kuriert mich augenblicklich und bringt mich ins Leben zurück, aber dann habe ich Constance gefragt, ob Pferde manchmal mit Mann und Maus durchs Eis brechen und untergehen, und Constance antwortete, dass das nie vorkommt, und da sagte ich, ich habe keinen Nerv dafür, und sie sah mich an aus ihren Rehaugen, als ob ich ihr ganz fürchterlich leidtun würde, und ich sah sie an aus meinen Rehaugen und fand, dass sie mir noch viel mehr leidtat, und da saßen wir nun mit unseren Rehaugen und taten einander ganz fürchterlich leid, bis sie begriff, dass ich mich über sie lustig machte, und da stieg sie aus der U-Bahn aus, und ich rief ihr nach, dass sie sich ihre Pferde an eine ganz bestimmte Stelle stecken könne, und gestern brachte ich es nicht über mich, zur Schule zu gehen, jetzt denkt sie sicher, mit unserer Freundschaft ist es vorbei oder so, und ich spüre, dass mir das egal ist, ich kann sogar begreifen, dass das eine ziemlich traurige Sache ist, also dass mir das egal ist.

17. Dezember
Jetzt schreibe ich ja schon wieder. Ich weiß nicht, warum, aber das ist auch egal. Das Warum interessiert mich auf einmal nicht mehr, merke ich. Ich stelle nur fest, dass Dinge passieren. Flugzeuge fallen vom Himmel. Mir auch egal, warum. Aber merkwürdigerweise tut das Schreiben gut, obwohl ich dem Psychotypen mit dem Bart, Geir heißt er, nur ungern recht gebe. Er findet sich so wahnsinnig toll und überlegen und meint, er weiß einfach alles über Menschen, denen es schlecht geht, und darüber, wie man ihnen helfen kann, in ein annähernd normales Leben zurückzufinden, wie er es nennt, und vor ein paar Wochen hab ich ihn gefragt, ob er mal seine Familie durch ein Flugzeugunglück verloren hat, aber das hat er nicht, also fragte ich ihn, wie er da so todsicher wissen kann, wie es mir geht, und er sagte, er hat eben so eine lange Erfahrung und außerdem Unis und Institute in Norwegen und im Ausland besucht und mit Dutzenden Menschen in meiner Situation gesprochen, und ich sagte, er soll sich zum Teufel scheren, und er lächelte großzügig und warm in seinen Bart hinein und schaffte es, trotz allem immer noch irgendwie sympathisch zu wirken, und das ist fast das Schlimmste. Er sagt es zwar nie, aber mir ist jedes Mal klar, dass er hier derjenige ist, der recht hat, und das Einzige, was Probleme schafft, ist meine Einstellung, aber wo sind wir denn bitte, wer, der vor ein paar Monaten seine Familie durch einen Flugzeugabsturz in Afrika verloren hat, wird dazu eine offene und herzliche Einstellung haben, und bald ist auch noch Weihnachten.

Mein erstes Weihnachten allein in diesem wahnsinnig großen und leeren Haus. Ich hab sicher fünfzehn Einladungen bekommen, um bei Tanten und Onkeln und Freunden von Mama und Papa oder bei den Eltern meiner Freunde das Fest zu feiern, aber ich lüge sie alle an von wegen, ich hätte schon bei Constance und ihren Eltern zugesagt. Und denen sage ich, ich bin bei Trond und Bitten. Ja, das ist schön, sagen sie. Das Wichtigste ist, dass ich nicht allein dasitze. Die Leute sind so voller Bullshit. Tausende sitzen zu Weihnachten allein zu Hause. Und was soll ich überhaupt mit Weihnachten? Ich hab sowieso nicht vor, noch besonders lange zu leben. Also, etwas Bestimmtes beschlossen habe ich noch nicht. Abwarten.

20. Dezember

Als ich vorhin gerade am Panoramafenster saß, ist mir ein Gespräch zwischen Tom und Papa eingefallen, das ich mal mitgehört hab, als ich auf dem Sofa lag und sie dachten, ich schlafe. Das war, als Tom mit Keramik-Renate zusammen war und in einer Band spielte und Schriftsteller und Künstler und alles Mögliche werden wollte. Er wollte sogar auf dem KG aufhören. Papa nahm ihn sich zur Brust, und ich lag da und grinste in mich hinein. Ich war voll und ganz auf Papas Seite. Typisch für mich. Papa war ganz ruhig und sagte, Menschen wie wir tun etwas Wichtigeres, als zu musizieren und herumzuspielen und einen auf kreativ zu machen. Die meisten, die sich kreativ nennen, sagte er, sind nicht die Spur kreativ. Sie maßen sich das nur an, um so dazustehen wie diejenigen, die wirklich kreativ sind, und dann brauen sie irgendeinen Piss zusammen, für den sich kein Mensch interessiert. Einen auf interessant und schöpferisch machen, das ist das Einfachste von der Welt, hat Papa gesagt. Wer wirklich innovativ ist, der ist es einfach, und Punkt. Der macht da keine große Nummer draus. Und dann sagte er, falls Tom auf dem KG aufhören würde, dann würde er ihm den Geldhahn abdrehen, und Tom müsste von A bis Z für sich selbst sorgen. Falls er aber erst das Gymnasium und dann das Jurastudium absolvieren würde und danach schreiben oder töpfern oder weiß der Teufel was für ein Zeug machen will, dann wäre das seine Sache, und Papa würde sich nicht weiter einmischen. Ich erinnere mich gut, wie blass Tom während dieses Gesprächs wurde. Papa deutete hinunter auf die Stadt und sagte, Tom solle diejenigen, die da unten wohnen, schreiben und Blödsinn machen und all so was, vergessen. Wir, die wir hier oben am Hang wohnen, wir sorgen dafür, dass die Räder sich drehen, wir schöpfen Werte, und außerdem finde ich, diese Renate, die ist nichts für länger, die ist zu ungezähmt, zu unverbindlich für dich, drücke ich mich klar genug aus, verstehst du, was ich sage? Tom verstand.

Drei Monate nach seinem letzten Juraexamen fiel das Flugzeug vom Himmel.

Und jetzt bin ich es, die schreibt, Papa. Obwohl du gesagt hast, dass solche wie wir nicht schreiben. Du hast dich geirrt. Dass ich schreibe, beweist, dass du dich geirrt hast. Und es ist deine Schuld, dass ich schreibe. Deine verfickte Schuld.

21. Dezember

Constance denkt natürlich, dass die Sonne heute wendet. Ich hab versucht, ihr klarzumachen, dass die Sonne überhaupt nicht wendet, sondern ab heute um 19 Uhr 35 täglich ein wenig höher steigt. Die Sonne merkt davon nichts, hab ich ihr erklärt. Wir schon. Am Neujahrsabend wird der Tag hier in Oslo schon sechs Minuten länger sein. Aber die Sonne spürt davon nichts, und gewendet hat sie in ihrem Leben noch nie. Constance wird ungern korrigiert, sie wurde wütend und sprang auf, um in Sørkedalen reiten zu gehen, und ich ging nicht zu der Sonnwendfeier, die sie heute Abend veranstaltet hat. Erst muss es einen kalten Tag in der Hölle geben, bevor ich mir vorstellen mag, zu feiern, dass die Tage länger werden. Meine Wunschvorstellung sind eher kürzestmögliche Tage. Kaum aufgestanden, könnte ich schon wieder ins Bett. Das wäre ideal. Constance hat Probleme. Sie weiß über nichts etwas. Sie hat keine Ahnung, ob die Uhr vor- oder zurückgestellt werden muss, wenn die Sommerzeit anfängt. Sie dreht noch durch, wenn ihr eines schönen Tages klar wird, dass sie nicht ihr Leben lang als Pferdemädchen wird bestehen können.

Versuchte Krzysztof zu überreden, dass er Weihnachten nicht nach Hause fährt. Ich hab gesagt, mir ist es unheimlich allein im Haus. Aber er wollte nach Hause. Ich hab ihn gut bezahlt, damit er auch zurückkommt. Das hätte Papa auch so getan. Krzysztof leistet unglaublich gute Arbeit. Der zweite Pool ist fast fertig. Ich habe ihn dazu gebracht, dass er ihn in Papas Geist zu Ende baut. Kleine, dunkelblaue achteckige Kacheln, dieselben wie im Schwimmbecken in dem Hotel, wo wir letztes Jahr zu Ostern in Berlin gewohnt haben. Mama wären sie wahrscheinlich nicht recht gewesen. Sie hatte immer sehr bestimmte Meinungen zu so was. Aber jetzt zählen meine Meinungen. Krzysztof ist ein Glücksfall. Er arbeitet für wenig Geld und wohnt im kleinsten Zimmer des Hauses; alles, was er will, sind eine

Wolldecke und ein Aschenbecher. Ich verstehe gar nicht, warum die Polen international nicht besser dastehen. Vielleicht, weil sie die ganze Zeit beten. Das macht Krzysztof auch. Keine Ahnung, wofür er betet. Will es auch gar nicht wissen. Als der Papst starb, hat er den ganzen Tag keine einzige Fliese gelegt. Aber davor und danach war er ein sehr effektiver Fliesenleger. Warum schreibe ich das eigentlich?

24. Dezember

Was für ein Generve! Jeder einzelne Verwandte, ob von Mamas Seite oder von Papas, ist hier mit Geschenken und Worten des Trostes aufgekreuzt. Alle tun so, als ob sie es in Ordnung fänden, dass ich nichts weihnachtlich geschmückt habe, aber ich tue ihnen fürchterlich leid, und sie schauen mich bekümmert an. Mit gutem Grund, würde ich fast sagen. Was erwarten die denn?

Als der Letzte weg war, nahm ich den Jaguar, ja Papa, du hast recht gehört, ich nahm den Jaguar himself, denn er gehört jetzt mir, alles hier gehört jetzt mir, ist doch so, ich nahm also den Jaguar und fuhr runter zum Alternativweihnachten im Volkshaus, mit allen Geschenken, die ich bekommen hatte, denn ich hatte in der Abendausgabe der Zeitung gelesen, dass sie dort Geschenke brauchten. Streng genommen darf ich ja noch nicht fahren, aber ich hielt es für schlichtweg unwahrscheinlich, dass die Polizei ein so teures Auto anhalten würde, ein, zwei Stunden, bevor die Weihnachtsglocken läuten, wie es so schön heißt. Das fühlte sich gut an. Aber als ich nach Hause kam, war da noch ein Geschenk. Von Krzysztof. Er muss es vor seinem Aufbruch auf den Kaminsims gelegt haben. Er ist süß. Eine CD, auf der ein Mann namens Anthony ganz traurig singt, dass er lieber eine Frau wäre. Ich habe sie mir schon ein paarmal angehört und lasse sie immer noch laufen, während ich dies hier schreibe, und es geht mir sehr nah, dieser Anthony singt so voller Sehnsucht, und obwohl seine Probleme mit meinen nicht ganz mithalten können, hilft es doch irgendwie, da ist ein Schmerz, und das finde ich gut, jeder Schmerz ist brauchbar. Krzysztof hockt den ganzen Tag auf den Knien und legt Fliesen und ist Katholik, aber zurückgeblieben ist er nicht.

Jeden Tag sterben ungefähr 155 000 Menschen, das habe ich gerade herausgefunden. Das sind 57 Millionen im Jahr. 6458 pro Stunde. 108 pro Minute. Ich frage mich, ob das ein Trost ist. Einerseits ja. Andererseits auch wieder nicht.

25. Dezember

Es ist wieder Nacht und ich kann nicht schlafen und ich liege hier und bin abgrundtief sauer auf dich, Papa. Afrika hat nur drei Prozent des jährlichen Fluggastaufkommens weltweit, aber fast 40 Prozent der Todesfälle. Instabile gesellschaftliche Verhältnisse, alte Flugzeuge, schlechte Wartung. All das hast du ganz genau gewusst. Aber natürlich musstest du trotzdem Tom und Mama auf irgendwelche wackligen Inlandsflüge mitschleifen. Mich wolltest du nicht dabeihaben. Ich sollte allein zu Hause blieben und zur Schule gehen, und wenn ich in ein paar Jahren mein Juraexamen hätte, wolltest du mit Mama und mir eine ähnliche Reise unternehmen. Hast du gesagt. Und diese SMS von dir, als dir klar wurde, dass ihr abstürzt. Was hast du dir dabei gedacht? Dass es das für mich einfacher machen würde? Es hat alles viel schlimmer gemacht, begreifst du das nicht? Weil es mir zeigt, dass ihr wusstet, was passierte, ihr wusstet, dass ihr nicht die geringste Chance hattet, das zu überleben, und dass du mitten in der Panik so geistesgegenwärtig warst, an mich zu denken, daran, wie ich reagieren und wie es mir in meinem weiteren Leben ergehen würde, das ist eine ganz schreckliche Vorstellung, das ist grotesk, Papa. Ich mag nicht mehr leben. Die meisten Mahlzeiten nehme ich zurzeit im Holmenkollen-Restaurant ein. Ich habe keinen Nerv, was zu essen einzukaufen oder zu kochen. Ich weiß, du hast das Restaurant nicht gemocht. Das Wochenendmagazin in der Zeitung hat es eine »überteuerte Touristenfalle« genannt. Da musstest du drüber lachen. Den Küchenchef dort hast du auch nicht gemocht. Ohne je zu erklären, warum. Ist ja auch egal. Mir lächelt er jedes Mal zu, wenn ich reinkomme. Und er zieht mich mit den Blicken aus, wenn er denkt, ich schaue nicht hin. Zum Lohn kriege ich immer einen Rabatt. Als würde das eine Rolle spielen. Wenn ich den Führerschein habe, überfahre ich ihn und begehe Fahrerflucht. *Hit and run*, wie es so schön heißt. Mir gehen alle möglichen merkwürdigen Gedanken durch den Kopf. Ich bin nicht sicher, ob ich das alles aufschreiben sollte.

26. Dezember

Heute ist Constance vorbeigekommen. Sie hat durchschaut, dass ich allen etwas vorflunkere und Weihnachten allein verbringe. Aber sie sagt nichts. Das ist rücksichtsvoll. Sie hatte weihnachtliches Essen dabei, und zu meiner eigenen Überraschung habe ich Rippchen und etwas Kasseler gegessen. Das fette Essen hat mir fast eine Art Kick gegeben. Früher hätte ich so was nicht angerührt, aber ich merke, dass meine Figur mir jetzt egal ist. Was soll man mit einer Figur, wenn man tot ist? Und sie fragte, ob ich nicht eine Rolle in dem Stück übernehmen wollte, das das KG-Theater im Januar einübt. Das KG ist natürlich so gut wie das einzige Gymnasium in ganz Oslo, das keine Revue produziert. Die Direktion glaubt wahrscheinlich, eine Revue strotzt vor Frivolitäten, und so was geht ja in unserem feinen KG nicht, aber Theater darf sein, und Jeanette, die eine winzig kleine Rolle hätte spielen sollen, hat von zu Hause aus nicht mal das gedurft, sagt Constance, es gab eine große Diskussion für und wider, aber Jeanettes Vater ist wohl noch christlicher als alle anderen, sodass ich jetzt das Angebot für ein Bühnendebüt erhalte. Es ist eine sehr kleine Rolle. Ich sage ein paar Sätze und verschwinde durch eine Tür, aber Constance findet, es würde mir gut tun, mal unter Leute zu kommen und an etwas teilzunehmen, egal woran, scheint sie zu denken, denn wenn ich nur etwas mehr Umgang mit Menschen oder Tieren hätte, dann würde ich bald wieder fröhlich oder so in der Art. Eigentlich will ich sie nicht zum Narren halten, denn sie meint es natürlich supergut und ist durch und durch nett. Ich sagte, ich würde es mir überlegen. Das fühlte sich besser an, als nur brutal Nein zu sagen.

28. Dezember

Hatte heute Fahrstunde. Hab da gesessen und überlegt, was wäre, wenn ich das Gaspedal durchtrete und frontal auf den Bus zuhalte, der mir entgegenkommt, oder was wäre, wenn ich an der Kreuzung Karl Johan und Ring 1 rechts abbiege, statt geradeaus zu fahren, den Wagen auf zweihundert Sachen hochjage, den Schlosshügel hinauf und gegens Schloss rase. Das wär doch was, dachte ich. Aber dann hab ich gedacht, das wäre doch egoistisch von mir, der arme Fahrlehrer fände das wohl nicht so passend, der hat sicher nicht seine Familie verloren, jedenfalls deutet nichts darauf hin, außerdem hat er ja seine eigenen Pedale und würde sicher bremsen oder so, aber der Gedanke gefiel mir, obgleich ich mich nicht lange damit aufhalten konnte, weil der Fahrlehrer in einem fort über seine Zeit als Schüler an der Fahrlehrerschule in Stjørdal quatschte. Scheint der Zeit nachzutrauern. Sie fuhren oft nach Trondheim rein, hat er erzählt, um auf echten Straßen mit richtigen Kreuzungen zu üben, und mehrmals hat er eine Prinzenkreuzung erwähnt. Die schönste Kreuzung von ganz Norwegen, sagte er. Jedenfalls die verkehrskundlich am besten geeignete. Er hat es zwar nicht ganz so gesagt, aber ich glaube, er liebt diese Kreuzung. Das konnte ich seiner Stimme anhören. Überhaupt kann ich den Stimmen der Leute alles Mögliche anhören. Constance kann das nicht. Sie merkt höchstens, ob ihr Pferd gute Laune hat oder stinkig ist. Vielleicht könnte aus mir eine gute Psychologin werden oder so was. Wenn ich dazu denn Lust hätte, meine ich. Aber wenn es so weit ist, bin ich ja nicht mehr da, also von wegen, werden wir leben, werden wir sehen, wie man so schön sagt. Wer nicht lebt, wird nicht sehen. Ziemlich ungerecht eigentlich. Oder was, Papa? Jetzt kannst du bereuen. Eigentlich wahnsinnig kitschig, dass ich mich an dich wende beim Schreiben. Wie ein kleines Mädchen im Film, das Mutter oder Vater verloren hat und mit ihnen spricht, als ob sie sie hören könnten, und alle, die den Film sehen, wissen, dass sämtliche Filme über Kinder, die jemanden verloren haben, einander gleichen, trotzdem nehmen sie es hin, dass es im x-ten Film genauso läuft. Das liegt wahrscheinlich daran, dass wir so einen irrsinnigen Respekt vor dem Tod haben und uns alle, die jemanden verloren haben, so leidtun. Der Tod, huh. Der TOD. Als ob der so fucking besonders wäre. Irgendwie wow oder so. Trotzdem, eigentlich kann man Toten nicht schreiben. Weiß ich ja. Man kann Toten nicht schreiben. Also schreibe ich mir selbst.

So was von durchschaubar.

Ich durchschaue den Sinn und Zweck dieser Tagebuchschreiberei voll und ganz. Trotzdem schreibe ich, und es macht mir sogar eine Art Freude. Es ist wie in dem rundum verspiegelten Raum voller rosa Badebälle in der Nationalgalerie, in den Constance mich geschleppt hat. Wir konnten uns in alle Richtungen unendlich vervielfacht sehen. Oder die Spiegelkammer im Technischen Museum, in der ich immer mit Papa gewesen bin. Man sieht sich selbst unendlich oft, bis weit nach hinten, und alle miteinander sind ein Selbst und man entkommt dem nicht und kann keine Geheimnisse mehr haben.

Ich weiß nicht, ob es an der Tageszeit liegt, dass ich so tiefsinnig bin, oder einfach daran, dass ich ans Schreiben nicht gewöhnt bin, oder daran, dass ich sterben werde. Wahrscheinlich wird man tiefsinniger als sonst, wenn man weiß, dass man sterben wird.

Jetzt muss ich das Licht ausmachen, bevor ich völlig abhebe.

1. Januar 2006

Krzysztof ist gestern früh zurückgekommen. Merkwürdiger Zeitpunkt zum Zurückkommen. Und er hat sofort angefangen, Fliesen zu legen. Ich konnte spüren, dass etwas nicht in Ordnung war, also unterbrach ich ihn und machte ihn darauf aufmerksam, dass immerhin Silvester sei und man an Silvester doch keine Fliesen legt, aber er sagte, in Polen sei das ganz normal, aber ich hab ihm nicht geglaubt und ihn ins Holmenkollen-Restaurant zum Essen eingeladen und Wein bestellt und ihm für sein Weihnachtsgeschenk gedankt und erzählt, dass das die schönste Musik ist, die ich seit Langem gehört habe, und es verging nicht viel Zeit, da fing er an zu weinen und erzählte, dass seine Freundin wegen einem anderen mit ihm Schluss gemacht hat, und ich fragte, was er denn erwartet, wenn er ein Jahr lang in Norwegen ist, so sind Frauen nun mal, sagte ich, und es ist sentimental, wenn du denkst, du kannst jahrelang weg sein und Fliesen legen und einen Aschenbecher neben dem Kopfkissen am Boden stehen haben, und sie soll irgendwo in Polen rumsitzen und dämlich warten.

Es gefällt mir, wenn Jungs weinen und verzweifelt sind.

Später am Abend kletterten wir auf die Holmenkollen-Sprungschanze, setzten uns an die Absprungkante und schauten das Feuerwerk an und versuchten, miteinander zu schlafen, aber Krzysztof war zu betrunken, was wohl auch nichts machte, denn es wurde trotzdem ein ziemlich schöner Silvesterabend. Ich merke gerade, das Praktische daran, finster auf das Dasein zu schauen, ist, dass ich viel leichter positiv überrascht werde.

Mein einziger Vorsatz fürs neue Jahr ist, dass ich versuchen will zu sterben. Ich weiß nur noch nicht, wie ich es anstellen soll. Die üblichen Methoden wirken so vulgär. Sich erhängen oder erschießen oder so. Das bin irgendwie nicht ich. Am liebsten würde ich auch mit dem Flugzeug abstürzen. Aber Flugzeugabstürze sind zu selten. Es sei denn natürlich, man fliegt erst nach Afrika. Aber das wirkt vielleicht wieder etwas kompliziert. Ich muss noch drüber nachdenken.

2. Januar
Gestern Abend hat der Premierminister zu mir gesprochen. Zu anderen wahrscheinlich auch, aber ich konnte spüren, dass er vor allem zu mir sprach. Er sagte, ich könne mich selbst besiegen. Auf jeden Einzelnen von uns warten Siege. Er sagte, genau darum gehe es; seinen Träumen Raum zu geben und Möglichkeiten zu schaffen, damit sie wirklich werden. Fast erschreckend. Als hätte er begriffen, worüber ich nachdenke, und würde es voll und ganz unterstützen. Er unterstützt meinen Wunsch zu sterben. Und dann hat er noch einen Haufen Unsinn über Ibsen erzählt, von wegen hundertster Todestag im neuen Jahr und so.

3. Januar
Gestern und heute ist Krzysztof mir aus dem Weg gegangen. Nicht einmal meinem Blick wollte er begegnen. Als ich endlich fragte, wurde mir klar, dass er ein schlechtes Gewissen hat, weil wir in der Neujahrsnacht fast miteinander geschlafen haben. Er hat Angst, ich könnte das Gefühl haben, er hätte mich unter Druck gesetzt oder so und ich wäre jetzt sauer und er dürfte nicht mehr hier arbeiten. Fast hätte ich gelacht. Wie süß. Ich sagte, er soll sich mal entspannen. Ich weiß ja nicht, wie es in Polen so zugeht, aber das hier ist Norwegen. Im Jahre 2006. Jungs und Mädchen schlafen unablässig miteinander, auch vor der Ehe, man könnte fast sagen, gerade vor der Ehe, und ich schlaf doch lieber mit dir als mit den geschniegelten Typen hier im Westend.

Danach wirkte er erleichtert. Legte Fliesen bis spät in den Abend hinein. Ich frage mich, ob er nicht immer noch weitermacht. Das wirkt ein bisschen stumpfsinnig, aber was weiß ich.

4. Januar
Constance hat mich zur ersten Probe des KG-Theaters mitgeschleppt. Bis zur Premiere sind es nur noch gut zwei Wochen, und ich habe offenbar mehr oder weniger zugesagt, dass ich dabei bin. Es scheint einfach zu sein. Ich soll vor dem ersten Akt auf die Bühne gehen und ein paar Sätze sagen und dann dasselbe noch mal vor dem zweiten und dann ganz am Schluss des Stücks zum dritten und letzten Mal. Ich verbinde das Ganze zu einer Einheit, hat der Regisseur, glaub ich, gesagt. Na, von mir aus. Ich weiß nicht mal mehr, wie das Stück heißt. Das spielt auch keine Rolle. Das Wichtigste ist wohl, dass ich ein bisschen rauskomme und ein paar Menschen oder Tiere sehe, wie Constance sagt.

10. Januar
Harte Woche.

Nicht in der Schule gewesen.

Hab nur zu Hause gesessen und nachgedacht, was sein wird, wenn ich tot bin. Nachgedacht, ob ich hier aufräumen soll. Alles in Kisten packen. Sortieren und ordnen. Oder ob ich den Job anderen überlassen soll. Aber diese anderen würden dann jede Menge persönlichen Eigentums finden, das ihnen nichts bedeutet. Briefe. Bilder. Sie würden sie wegwerfen, und das ist ein problematischer Gedanke. Ich sollte den Job selbst erledigen, aber ich bringe es nicht über mich, kann den Gedanken nicht ertragen. Falls ich weiterleben würde, könnte ich alles liegen lassen und das in ein paar Jahren angehen, aber das werde ich ja nicht. Mit anderen Worten, ich müsste aufräumen und das Haus verkaufen und das Geld für etwas Gutes spenden. Aber dazu fehlt mir auch die Kraft. Ich glaube fast, alles muss so bleiben, wie es ist. Dann werden wohl meine Tanten und Onkel das Ganze erben. Da werden sie sich freuen. Es sei denn, Mama oder Papa hatten Kinder, von denen sie nichts erzählt haben. Das würde mich nicht überraschen. So was kommt ziemlich häufig vor, habe ich gelesen. Obwohl, Mama wahrscheinlich nicht, glaube ich. Aber Papa ... auszuschließen ist es jedenfalls nicht. Aber was schert mich das. Ich bin dann sowieso nicht mehr hier, und wer nicht hier ist, hat kein Wörtchen mitzureden. Darüber denke ich zurzeit relativ viel nach. Man muss irgendwie da sein, sonst zählt man nicht. Wer stirbt, schließt sich dadurch ziemlich endgültig aus. Natürlich habe ich mich in der letzten Zeit ziemlich viel auf den Selbstmordseiten im Internet umgeschaut. Ich dachte, ich würde auf Gleichgesinnte treffen, aber ich finde das alles abstoßend. Viele wirken jünger als ich, und ihre Gründe dafür, dass sie nicht mehr leben wollen, wirken völlig unangemessen. Sie sind zu unreif, um wirklich sterben zu wollen. Sie sind ein bisschen deprimiert, ohne zu wissen, warum, oder mit ihrer Beziehung ist Schluss, oder sie wollen sich an ihren Eltern rächen, die sie nicht verstehen. Sie haben ein romantisches Verhältnis zum Sterben, als wäre das etwas Großartiges, als wäre der Tod der Anfang von etwas Großem, als könnte das Sterben eine Rache sein, ich glaube, sie haben keine Ahnung, womit sie da flirten. Kinderkacke.

Und Constance ruft an und kaut mir ein Ohr ab wegen Theatergruppen und Pferden und anderer Tiere (über Pferde weniger als bislang, aber trotzdem genug), und ich sage, dass ich meinen Text schon längst gelernt habe, aber das habe ich natürlich nicht. Ich habe ein bisschen im Textbuch gelesen, aber nach 3 Sekunden wurde mir langweilig, jedenfalls lange bevor 10 Sekunden vergangen waren.

11. Januar
Habe gestern mit Psychogeir gesprochen. Sein Bart wird immer länger. Er findet es gut, dass ich so zuverlässig zu unseren Terminen komme, das sei ein gutes Zeichen, und außerdem findet er, dass ich besser wirke, und das freut ihn zu sehen. Wenn der wüsste. Er sagte, er habe längere Zeit befürchtet, ich könnte selbstmordgefährdet sein, und er hat sich gefragt, ob ich etwa in der Richtung etwas unternehmen will, wie er es nennt. Wenn man bedenkt, was für eine Mordsausbildung der hat und wie viel Erfahrung mit meinesgleichen, dann ist er ganz schön leicht zu beschummeln. Ich habe gesagt, stimmt, ich habe darüber nachgedacht, ob ich mir das Leben nehmen soll, doch je mehr ich darüber nachdenke, desto klarer wird mir, dass ich das Leben liebe.

Ich bin ja nicht dumm. Eingesperrt werden, weil Psychogeir denkt, ich bin eine Gefahr für mich selbst, das ist das Letzte, was ich jetzt brauchen kann.

15. Januar
Gestern auf der Theaterprobe gewesen. Premiere ist am 20., also in fünf Tagen. Die Leute sind alle voll gestresst. Als würde es eine Rolle spielen, wie die Vorstellung läuft. Die sind alle so kurzsichtig. Wenn sie fröhlich sind, dann auf eine dumme, nervige Art und Weise, wenn sie gestresst sind, dann auch auf eine dumme, nervige Art und Weise, und wenn sie böse sind, genauso. Wahrscheinlich finde ich sie einfach rundum dumm und dass sie keine Ahnung davon haben, was eigentlich Sache ist. Sie halten sich für unsterblich. Es ist fast unmöglich, mir vorzustellen, dass ich vor einem Jahr so war wie sie.

Während ich auf der Bühne stand und mit den letzten Textzeilen rang, hatte ich eine Idee. Eine Idee, in die ich mich allmählich verliebe, obwohl sie ziemlich dramatisch ist und vielleicht sogar kindisch. Ich verrate sie nicht. Muss erst noch ein bisschen drüber nachdenken. Aber sie ist teuflisch gut.

16. Januar
Fahrstunde. Hatte ein schönes Erlebnis oder Erfahrung oder wie ich es nun nennen soll. Der Fahrlehrer fand meinen Stil ein bisschen nervös, und da hatte er recht, denn ich dachte an das, was ich in vier Tagen tun werde, also fing er an, mir verschiedene Fragen zu stellen, wohl, um mich abzulenken, und tatsächlich fuhr ich sofort viel besser. Besonders schön war aber, dass ich nichts davon erzählt hab, was passiert ist. Ich hab einfach so getan, als würde mein altes Leben weiterlaufen. Und der Fahrlehrer hat keinen Unterschied bemerkt. Ich hab von Mama erzählt, die erst so viele Jahre wegen Tom zu Hause geblieben ist und dann meinetwegen und darum die tolle Ausbildung, von der sie immer erzählt, nie richtig hat brauchen können, aber jetzt bereitet sie mit einer Freundin die Eröffnung eines Einrichtungsladens in einem guten Viertel in der Innenstadt vor, und sie stehen in Kontakt mit einer Firma außerhalb von Rom, die teure, exklusive Sachen vertreibt, Schränke und Tische und so, aber sie hat das Terrain sondiert und fühlt sich sicher, dass so ein Laden gebraucht wird, und Papas Firma stellt das Startkapital zur Verfügung, und Tom hat vor gut einem Jahr sein Jurastudium abgeschlossen und fängt bald in Papas Firma an, und Papas Firma läuft so richtig gut, und als ich ein paar von seinen Klienten nannte, nickte der Fahrlehrer und pfiff

anerkennend und ich fuhr saugut und der Fahrlehrer sagte, unsere Familie sei ja richtig toll zusammengeschweißt, wie schön, und ich sagte, ja, genauso ist es.

17. Januar
Ich habe mich entschieden. Das ist eine große Erleichterung. Bin schon mitten in den Vorbereitungen.

Hab heute im Fachhandel für Bergsteigerausrüstung zwanzig Meter Seil gekauft. Sie sagten, das sei das Beste, was sie haben. Leicht und solide und ein kleines bisschen elastisch. Grün. Sie hatten auch andere Farben, aber Grün hat irgendwie was, wahrscheinlich wegen Mamas Kleid. Das sie immer anhatte. Wenn sie das trug, war sie irgendwie besonders meine Mama. Der Verkäufer sagte, das Tau ist fabrikneu und wirklich lange haltbar, aber ewig hält es natürlich nicht. Ich sagte, kein Problem, ich würde es sofort benutzen. Mehr sagte ich nicht.

Ich weiß, gerade neulich hab ich geschrieben, dass ich für vulgäre Selbstmordmethoden keinen Sinn habe, aber seit diese neue Idee aufgetaucht ist, habe ich schlicht und einfach meine Meinung geändert. Ich bin selbst ganz überrascht.

Ich werde es bei der Premiere tun. Ganz am Schluss. Ich bin allein auf der Bühne, stehe still da und spreche meinen Text, doch während ich ihn spreche, gebe ich Waldemar, der von der Galerie meinen Verfolgerscheinwerfer dirigiert, ein Zeichen, auf das hin er mir das Seil herunterwirft, das ich zuvor ganz oben festgemacht habe, Waldemar macht das ganz sicher, seit zweieinhalb Jahren schaut er mich auf eine ganz und gar unmissverständliche Weise an, er weiß, er hat keine Chance, aber er ist bereit, alles zu tun, um weiter in einer Art Hoffnung zu leben, und dann klettere ich still und ruhig auf das Bücherregal, das zum Bühnenbild gehört, und dann stehe ich da oben, bis ich meinen Text fertig gesprochen habe, und dann lege ich mir die Schlinge um den Hals und springe, und ich rechne damit, dass mein Körpergewicht ausreichen wird, mir das Genick zu brechen, wenn das Seil anzieht, ich hab ein bisschen im Netz recherchiert, und wenn ich mich nicht verrechnet habe, müsste das auf jeden Fall so klappen.

Das ist mein Plan. Es gibt mir eine Art Kick, dass ich es vor dem versammelten Lehrerkollegium tun werde, vor der Elternschaft, die naturgemäß aus den besten, christlichsten Menschen der Hauptstadt besteht, und sie werden schockiert sein, ja erschüttert, sie werden denken, man habe nicht genug getan, um mir durch diese schwere Zeit zu helfen, und ich werde zu einer Legende werden.

Mir gefällt auch, dass diese Idee für mich so untypisch ist. Wer hätte gedacht, dass ich zu einem solchen Plan imstande wäre! Wer hätte gedacht, dass tief in mir drin so eine Dramaqueen wohnt!

18. Januar

Ich hätte erwartet, dass ich nervös würde, falls ich jemals den Entschluss fasse, das zu tun, was ich jetzt tun werde, aber ich bin ganz ruhig. Ich fühle mich entspannt und klar. Ist mir lange nicht so gut gegangen. Constance hat das auch bemerkt. Sie sagte, ich sehe viel besser aus. Ich habe mich bedankt. Und dann hat sie gefragt, ob ich jetzt vielleicht irgendwann zum Reiten bereit bin. Ich hab gesagt, das kann gut sein, wir könnten ja nächste Woche zum Reiten gehen, wenn die Premiere überstanden ist.

Ich habe gelesen, dass Leute, die planen, sich das Leben zu nehmen, ziemlich egoistisch werden. Sie denken nicht an die Schuldgefühle und Trauer und so der anderen, und das stimmt. Ich widme alldem ungefähr null Gedanken. Seit Jahren war ich nicht mehr so unbekümmert.

Hab die zweite Stunde blaugemacht und bin unbemerkt in die Turnhalle runter, um das Seil an der Lichtbühne festzumachen. Der Knoten ist absolut solide. Der hält garantiert.

Hab dann Waldemar gesucht, um das mit dem Seil abzusprechen, aber irgendwer hat gesagt, er hat nach Hause gemusst, weil seine kleine Schwester krank ist und seine Eltern beide im Parlament sitzen oder so und er einspringen musste. Typisch Waldemar. So was von gutherzig. Zu gut für diese Welt irgendwie. Kommt sicher in ein paar Jahren genauso auf den Hund wie Constance.

Hab gedacht, ich sollte einen Brief an die Familie schreiben. Die Ersten, die hier ins Haus kämen, sind sicher Trond und Bitten. Dann muss ein Brief auf dem Tisch liegen. Aber nur zu praktischen Fragen. Nichts Sentimentales von wegen Trauer und Sehnsucht und nichts von wegen Abschiednehmen. Ganz kühl und schlicht. Und auch, dass die Familie das Inventar und alles Mögliche gern unter sich aufteilen kann, aber das Haus soll danach verkauft und mit dem Geld in meinem Namen ein Fonds oder eine Stiftung oder wie das nun heißt eingerichtet werden, bei dem Leute finanzielle Unterstützung beantragen können, denen es schlecht geht. Und nicht nur ein bisschen schlecht. Sondern echt beschissen, die kurz davor sind, das zu tun, was ich in zwei Tagen tun werde. Dann bekommen sie Geld und können sich zum Beispiel eine kleine Reise leisten, um neue Eindrücke zu bekommen, oder können sich eine neue Waschmaschine gönnen oder einen kleinen Außenbordmotor oder sonst etwas, das ihnen ein bisschen Freude bereitet. Die Verwalter der Stiftung sollen sich nicht einmischen, wofür das Geld verwendet wird, sie sollen nur kontrollieren, ob es den Antragstellern wirklich so schlecht geht, wie sie sagen. Zum Beispiel könnten sie bei deren Freunden anrufen und sich ein bisschen umhören. Man muss Referenzen vorlegen und ansonsten ein bisschen über sich selbst schreiben. Julies Stiftung für Selbstmordgefährdete. Oder so was in der Art. Mir gefällt der Gedanke, dass ich in dem Stiftungsverzeichnis mit drinstehen würde, in dem alle in der Schule gerade herumblättern. Alle möglichen schrägen Stiftungen stehen da drin.

Gestern hab ich einen Makler angerufen und ihm geschildert, wo mein Haus liegt, Baujahr, Größe und Aussicht usw., und er hat gesagt, so was kann er zwar nicht mit Sicherheit durchs Telefon beurteilen, aber es klinge für ihn so nach 15 bis 20 Millionen Kronen. Mich hat das fast umgehauen, erst hab ich gedachte, ich könnte es verkaufen und jahrelang in Saus und Braus leben, in die Karibik ziehen oder so, aber dann spürte ich, dass das ein hohler, leerer Gedanke war und ich dort drüben sicher genauso gern sterben würde wie hier und dass ich doch lieber nicht an so einem fremden Ort sterben will, wo ich niemanden kenne und nicht weiß, wer mich findet und all das, und dass es da doch besser ist, ich halte mich an meinen Plan und bringe es hinter mich.

Außerdem will ich noch ein paar Anweisungen für meine Beerdigung aufschreiben. Bitten ist ganz tüchtig mit so was. Alle Beerdigungen im Familienkreise, die ich miterlebt habe, waren schön. Sie übertreibt nie. Sorgt dafür, dass alles in jeder Hinsicht erträglich und hübsch und sauber ist. Ich will, dass es ganz schlicht zugeht. Eine kleine Gedenkfeier, nur in der Kirche, zu der der Organist der Gemeinde das spielt, was er oder sie zu solchen Anlässen gewöhnlich spielt, keine Freundinnen, die irgendwelche sentimentalen Lieder singen oder selbst geschriebene Gedichte aufsagen. Und fertig. Die Asche wird später verstreut, bei Gelegenheit, an dem Ort, wo das Flugzeug mit Papa und Mama und Tom abgestürzt ist. Ich will bei ihnen sein. Ich will, dass meine Asche sich mit ihrer mischt. Und Afrika hat sowieso was. Mir gefällt der Gedanke, dass meine Asche nach Afrika kommt. Vielleicht in die Nähe des Baums, unter dem Denys Finch Hatton in »Out of Africa« begraben wird. Den Film liebe ich. Wellige, fruchtbare Landschaft, auf einem Hügel ein Baum, den die Löwen ein paarmal die Woche besuchen kommen. Mit ein bisschen Glück sieht es da, wo Tom und Mama und Papa abgestürzt sind, so aus. Die Fluggesellschaft hatte mir angeboten, dort hinzufliegen, um den Ort mit eigenen Augen zu sehen, und Psychogeir hat gesagt, das solle ich tun, dann würde ich das Ganze schneller aus dem System kriegen, wie er sagte, aber das habe ich nicht über mich gebracht. Ich sagte zu Psychogeir, er soll doch selber fliegen, wenn er das so scharf findet. Aber meine Asche soll dorthin.

19. Januar
Heute Nacht nicht geschlafen. War aber auch nicht müde. Schlafen kann ich, wenn ich tot bin. Bin nur durchs Haus getigert. Lange im Schlafzimmer von Mama und Papa gesessen. Bisschen in alten Fotoalben geblättert. Das Bild ge-

funden, wo Tom und ich mitten auf dem Fjord am Bootsmotor rumbasteln. Wir sind unglaublich süß und fröhlich. Fünf Minuten später fiel Papa beim Versuch, den Motor zu starten, ins Wasser. Er landete auf einer Riesenqualle, und Mama musste uns an Land rudern. Jahrelang haben wir darüber gelacht. Leute, die diese Bilder sehen, können nicht ahnen, was passierte, bevor und nachdem sie aufgenommen wurden. Constance liebt den Flohmarkt. Sind wir ständig hingegangen. Und ab und zu haben wir Fotoalben entdeckt. Private Bilder von Familien, die wir nicht kennen. Das fühlt sich immer ein bisschen komisch an. Leute, die einander geliebt haben. Tiere und Orte. Vielleicht landen unsere Fotoalben auch mal auf dem Flohmarkt. Dann hoffe ich, dass nette Leute sie kaufen. Na, eigentlich ist das ja egal.

Später in der Nacht hab ich Krzysztof geweckt und gefragt, ob er Lust hat, Mau-Mau zu spielen und Wein zu trinken. Hatte er. Er hat vom Leben in Polen erzählt. War fast wie eine Schulstunde. Und dann darüber, was er sich vom Leben erhofft. Gewöhnliche Dinge. Er will weiter Fliesen legen und hat den Ehrgeiz, Polen bei den World Skills 2007 zu vertreten, einer Art Handwerkerolympiade, wenn ich's recht verstanden hab, die in einer Stadt in Japan stattfinden wird, deren Namen ich noch nie gehört und jetzt natürlich auch schon wieder vergessen hab, aber das spielt keine Rolle, ich bin nicht mehr lange hier, ich brauche mir überhaupt nichts mehr zu merken, was passiert, wenn ich weg bin, geht mich nichts mehr an. Vielleicht redet Krzysztof am liebsten übers Fliesenlegen, wenn man ihn nicht daran hindert. Er nimmt es jedenfalls wirklich ernst. Darüber hinaus möchte er ein Mädchen kennenlernen und heiraten und Kinder kriegen und all so was, und er will wahnsinnig gern ein

Auto haben, möglichst einen BMW und allermöglichst so einen, wie Papa ihn hat, das heißt hatte. Ich hab gesagt, er kann Papas haben. Der steht immer noch in der Garage. Er hat gedacht, ich mache Witze, aber jetzt hab ich das in den Brief an Trond und Bitten geschrieben. Krzysztof soll den BMW haben, steht da. Unmissverständlich. Er soll ordentlich auf ihn zugelassen werden, ich übernehme die Kosten, also nicht direkt ich selbst, das Geld soll von meinem Konto abgebucht werden, hier ist ja alles voll Geld, Geld, das auf eine absurde und traurige Weise meins geworden ist, und ich werde es nicht mal nutzen können, aber ich denke oft an Papas SMS, wo er schreibt, ich soll tun, was ich will. Das fühlt sich befreiend an. Er unterstützt mich irgendwie, egal, was ich unternehme, solange es etwas ist, das ich auch will. Das bedeutet, er findet es auch in Ordnung, Krzysztof den Wagen zu geben. Und dass ich mich hier verabschiede. Morgen schon. Seltsame Vorstellung. Mit anderen Worten, das heute war mein letzter Tag.

War übrigens nach der Schule noch bei Psychogeir. Zum letzten Mal. Aber davon hab ich natürlich nichts gesagt. Er fand, ich sehe müde aus, und ich sagte, das liege wahrscheinlich daran, dass ich die letzten Tage kaum geschlafen habe, aber ich fühle mich trotzdem gut. Das gefiel ihm gar nicht. Er möchte Anzeichen der Rückkehr zur Normalität sehen, wie er das nennt. Er will, dass ich Dinge mache, die alle machen, und auf dieselbe Weise. Also ein Leben führe, das dem Leben der anderen ähnelt. Zu einer vernünftigen Zeit ins Bett gehen, so aufstehen, dass ich vor der Schule noch duschen und frühstücken kann, dann die U-Bahn nehmen und durch den Schlosspark zum KG gehen und doch noch fünf Minuten übrig haben, um mit allen meinen Freunden zu plaudern, wie er das nennt. Und er will, dass ich ein Pausenbrot mitnehme, möglichst selbst gebackenes Brot, er hat mir das Rezept gegeben, nach dem er und seine Frau seit vielen Jahren Roggenbrot backen, vielleicht seit über zwanzig Jahren, und das gute Laune bringt, denn wenn man sich gesund ernährt und genug Sport treibt, dann fühlt man sich sofort besser, und die Angst verschwindet und alles andere auch. Psychogeir ist unglaublich naiv. Man kann sich nur schwer vorstellen, dass er für seinen Beruf repräsentativ ist, aber offenbar steht er im System relativ weit oben, denn Anfänger kriegen kaum so welche wie mich anvertraut. Schwer, sich vorzustellen, wie ein Anfängerpsycho drauf sein muss, wenn einer wie Geir zu den Erfahrenen gehört. Schreck und Graus. Ich sollte ihn mit Constance zusammenbringen. Die würden einander lieben. Sie könnten reiten und nackig im Wald rumlaufen und Roggenbrot essen und überhaupt eine Superzeit miteinander haben.

Mir gefällt der Gedanke, dass es mich morgen Abend um diese Zeit nicht mehr gibt, da wird Psychogeir gezwungen sein, nachzudenken, warum er das nicht hat kommen sehen, und ihm wird klar werden, dass ich ihn reingelegt habe, dass ich schlauer war als er, und das wird sicher eine Niederlage für ihn. Ich wette, es ist nicht gut für den Ruf von einem Psycho, wenn seine Klienten sich das Leben nehmen. Dann hat er schlecht gearbeitet, und die anderen Psychos sehen wahrscheinlich auf ihn herab oder ziehen ihn damit auf oder so was.

Heute haben wir darüber geredet, wie einzigartig das Leben ist. Ich sollte verstehen, dass man nicht vorschnell am Leben zweifeln darf, nur weil man gerade eine schwierige Zeit durchmacht. Man hat das Leben als Geschenk erhalten, das wird es kein zweites Mal geben, usw. Ich sagte, nein, zum Glück nicht, und da sagte er, so was dürfe ich nicht sagen. Ich fragte, woher er wisse, dass es das Leben kein zweites Mal geben würde, das konnte er natürlich nicht beantworten, also sagte ich, dann solle er vielleicht lieber den Mund halten. Ich sagte, mir sei ja klar, worauf er hinauswolle, aber ich sei nicht seiner Meinung. Überall auf der Welt gibt es Leben, sagte ich, und trotz alldem, was er behauptet, ist das Problem doch, dass es zu viele Leben gibt. Steht ja die ganze Zeit in der Zeitung. Wir werden allmählich zu viele und wir übernutzen die Erde und all so was. Da kann es doch kein Problem sein, wenn ein paar von uns verschwinden.

Es ist ein Problem für diejenigen, die zurückbleiben, sagte Psychogeir. Aber nach mir bleibt niemand zurück, sagte ich. Im Gegenteil, ich bin selbst zurückgelassen worden und beschließe, hinterherzugehen. Du hinterlässt Freunde und Verwandte, sagte er, und eine zukünftige Familie, wenn man so weit denken will.

Angenommen, ich tue das, sagte ich, was ich natürlich nicht tun werde, aber nur mal angenommen, was würde ich versäumen, wenn ich jetzt verschwinde?

Du würdest ein ganzes Leben voller Freundschaft und Liebe und Roggenbrot und Sonnenaufgängen und Skitouren versäumen, sagte Psychogeir.

Ja, sagte ich, ein Leben voll globaler Erwärmung und Vogelgrippe und Terror in der S-Bahn und einem bevorstehenden Weltkrieg und Liebsten, die mich verlassen, und Prüfungen, zu denen mir die Motivation fehlt, und tagtäglichen fürchterlichen Gedanken an Mama und Papa und Tom, die einander beim Absturz an den Händen halten, während Flaschen und Gläser klirren und die Passagiere in

Todesangst schreien und Kinder kreischen und die Sauerstoffmasken von der Decke baumeln.

Da täuschst du dich, sagte Psychogeir, auch wenn die Welt und das Leben manchmal voller Brutalität und Entsetzen und Ungerechtigkeit sind, ist es doch ein Privileg, hier zu sein. Das Argument, wir sollten keine Haustiere haben, weil es so traurig ist, wenn sie sterben, führt zu nichts. Sehr wenige von uns würden sich dagegen entscheiden, geboren worden zu sein. Armut, Krankheit, schwierige Gedanken, sogar Krieg und Not sind immer noch besser, als gar nicht zu existieren. Das würden die allermeisten Menschen so sehen, meinte Geir.

Ich rede doch nicht über Haustiere oder darüber, gar nicht erst geboren zu werden, sagte ich. Ich rede darüber, dass es bisweilen naheliegend sein kann, dem Ganzen ein Ende zu bereiten, weil man einfach keine Perspektive mehr hat und keine Lust und auch nicht den Glauben daran, dass es irgendwann noch mal besser wird.

Psychogeir sah mich eine Weile lang forschend an, und ich dachte schon, so, jetzt ruft er in der Geschlossenen an oder verschreibt mir ein stärkeres Mittel oder so, doch dann lächelte er und sagte, ich sei ein kleiner Schlauberger, und bis nächste Woche dann.

Dann hab ich Waldemar gesprochen. Er hat zugesagt, das Seil runterzuwerfen. Ich sagte, meiner Meinung nach hätte das Stück ein etwas schwaches Ende, und wenn ich mich zum Schluss erhänge, bekommt es etwas mehr Größe. Das sah er auch so. Waldemar hat offensichtlich mehr Humor, als ich dachte. Seine kleine Schwester ist übrigens wieder gesund. Beide Eltern sitzen tatsächlich im Parlament, für verschiedene Parteien. Der Vater für die Christliche Volkspartei, die Mutter für die Bürgerliche Linke. Aber zu Hause reden sie nicht über Politik, sagte Waldemar. Stattdessen spielen sie Scrabble.

Übrigens meinte Psychogeir, ich sollte mir einen Hund anschaffen. Er sagte, viele, die so niedergeschlagen sind, finden durch einen Hund wieder mehr Lebensfreude. Allmählich habe ich es satt, dass alle möglichen Leute finden, ich sollte mich mit Tieren umgeben. Ich bin derart allergisch, dass ich sterbe, sobald mir ein Hund auch nur nahe kommt. Es gibt allergiefreie Hunde, behauptete Psychogeir, beziehungsweise meinen manche Leute, es gebe solche Hunde, andere bezweifeln das, aber natürlich züchtet ausgerechnet Psychogeirs Schwester ausgerechnet solche Hunde und meint, sie werden von Generation zu Generation allergiefreier. Ich fragte, ob seine Schwester selbst allergisch sei, aber das ist sie nicht. Und dann schwieg ich lange, damit Psychogeir selbst auf den logischen Knacks in der Geschichte kommen konnte, aber er kam nicht darauf. Stattdessen meinte er, wir sollten bei unserem nächsten Termin zu seiner Hundeschwester rausfahren. Dann können wir im Wagen reden, sagte er. Das alte Ferkel. Abgesehen davon bin ich überhaupt nicht allergisch.

Die CD, die ich von Krzysztof bekommen habe, steht die ganze Zeit, wenn ich zu Hause bin, auf *Repeat*. Mittlerweile summe ich den Anfang des nächsten Songs, wenn der vorige vorbei ist. Merkwürdig, wie eine Sehnsucht eine andere ersetzen kann. Anthonys Sehnsucht danach, eine Frau zu sein, wird bei mir zu der Sehnsucht, tot zu sein. Seine Sätze bedeuten für mich etwas ganz anderes als für ihn. Als ob mein Gehirn gar nicht wahrnehmen würde, worum es in den Songs geht, und das Ganze in eine eigene Währung umrechnet. Soundso viel Sehnsucht in der einen Richtung wird zu soundso viel in der anderen. Die Sehnsucht wird konvertiert, wie eine Computerdatei. Nichts geht verloren. Nur das Vorzeichen ändert sich. Die Menge Sehnsucht bleibt konstant.

Generalprobe. Ganz gut gelaufen. Morgen wird es sicher noch besser. Mit einer wichtigen Änderung gegen Ende.

20. Januar
Ich hab immer noch nicht geschlafen. Hab es spätnachts versucht, konnte aber nicht. Das ist mein letzter Tag auf Erden, da ist das nicht so schlimm, aber ich fürchte ein wenig, meine Urteilskraft könnte leiden. Ich fühle mich seltsamer und unausgeglichener als sonst und merke, ich muss einfach den Entschlüssen vertrauen, die ich vor ein paar Tagen gefasst habe, sie sind die richtigen, denn da war ich noch ganz und gar bei mir. Den ganzen Morgen habe ich hin und her überlegt, mit dem Ergebnis, dass ich alles tun werde wie geplant. Ich habe beschlossen, nicht zur Schule zu gehen, sondern hier zu bleiben und Musik zu hören und aufzuräumen, und dann fahre ich vielleicht in die Stadt und esse bei Mother India. Das war Mamas und Papas Lieblingsrestaurant, außerdem ist es gleich neben der Schule. Ich werde Chicken Tikka Masala Vindaloo bestellen. Das ist so scharf, dass ich es kaum aushalte, aber Papa hat es immer gegessen, und dann haben wir anderen gekostet, und er hat gelacht, wenn wir Grimassen schnitten und schnell nach der Wasserkaraffe griffen. Als Henkersmahlzeit ist das einfach perfekt.

Hab Constance eine SMS geschrieben, dass ich zwar heute die Schule schwänze, aber rechtzeitig zur Vorstellung da sein werde.

Es ist wichtig für mich, dass ich das nicht tue, um mich interessant zu machen oder rätselhaft zu wirken oder so. Im Gegenteil, ich hab die Sache gut durchdacht. Und obwohl mir klar ist, dass das für meine Familie die Tragödie perfekt macht, so muss es doch sein. Ich spüre keine sonderliche Freude bei irgendwas, so ist es seit dem Absturz, es fühlt sich so an, als würde es so bleiben, und wenn nicht, als würde es dann eher schlimmer als besser. Ich möchte damit niemandem wehtun. Keiner von meinen Freunden oder Verwandten soll ein schlechtes Gewissen haben oder so. Sie sollen es einfach akzeptieren und bloß nicht denken, dass alles anders wäre, wenn sie mich öfter besucht oder angerufen oder sonst etwas für mich getan hätten. Nichts könnte anders sein. Es musste so kommen, früher oder später. Seid mir nicht böse.

Draußen ist Winter. Jede Menge Schnee. Seit ein paar Stunden sitze ich da und schaue in den Schnee. Und auf Krzysztof, der Schnee schippt. Er hat selbst die Initiative dazu übernommen. Er ist ein guter Junge. Er wird wohl demnächst nach Hause fahren müssen. Immerhin bekommt er ein schönes Auto. Für eine Familie und Kinder und so weiter muss er dann selbst sorgen. Und ich habe einen Brief geschrieben, eine Art Zeugnis, darin sage ich, dass er bei uns gut gearbeitet hat und immer pflichtbewusst und ordentlich war und all so was. Ich habe das so geschrieben, wie Papa es getan hätte. Zum Verwechseln ähnlich. Und jetzt nehme ich die S-Bahn runter zum Nationaltheater und gehe durch den Schlosspark zu Mother India, und dann esse ich Chicken Tikka Masala und spiele Theater und sterbe.

Mama und Papa und Tom, jetzt komme ich bald.

Und all ihr anderen: Danke und tschüs.

3. Februar
Ganz schön was los.

Weiß gar nicht, wo ich anfangen soll.

Ich bin am Leben. Das ist schon mal sicher. Sie sagen, ich war zehn Tage lang weg. Ich lebe. Ich weiß nicht, was ich sagen soll. Kurz, ich bin am Schluss des Theaterstücks nicht gestorben. Es gibt so viel, das ich schreiben will, ich hab was am Kopf, glauben sie, und jetzt soll ich noch mal rein und gescannt werden und darf eigentlich nicht schreiben. Sie sagen, das ist zu anstrengend.

Und eine Arbeit hab ich angeboten bekommen.

4. Februar
Nächstes Mal nehme ich ein schönes althergebrachtes Seil, ohne jede Elastizität, kein neumodisches Kletterseil vom skandinavischen Bergsteigerausrüster. Folgendes passierte, jedenfalls nach Constances Schilderung: Ich sprang, das elastische Seil reichte dann doch bis zum Boden, wo ich seitwärts umfiel und mit dem Hinterkopf auf den dämlichen Amboss schlug, den der Regisseur unbedingt noch ganz am Ende hatte hinstellen müssen, weil er das Gefühl hatte, dass ausgerechnet noch ein Amboss fehlte, und dann

schwang ich am Seil zurück und knallte mit der linken Schläfe wieder an den Scheißamboss und hing dann da, den Hals einen halben Meter überm Bühnenboden, den Körper schräg am Seil, und es dauerte eine Weile, bis wer reagierte. Die Leute waren dermaßen schockiert. Viele im Publikum dachten, es müsse so sein, und als der Regisseur endlich gerannt kam, war ich halb tot, fast blau und sowieso im Koma wegen der Schläge gegen den Kopf.

Die Medien haben das ausgeschlachtet, während ich weg war. Titelstorys in mehreren großen Tageszeitungen, auch außerhalb Norwegens ziemlich viele Artikel, habe ich gehört. Ich dachte, sie sollten ein bisschen zurückhaltend sein bei der Schilderung von Selbstmorden, aber bei Selbstmordversuchen scheinen sie das anders zu sehen, meinte jemand, vor allem, wenn sie dermaßen spektakulär sind, dass es fast ein bisschen komisch ist. Wenn mir der Versuch geglückt wäre, wäre jahrelang darüber geredet worden und es hätte viele Nachahmer gegeben, aber weil er eben nicht glückte, war er ungefährlich und hat eher was Peinliches. Er wirkte wie ein verzweifelter Hilferuf, als bräuchte ich nur jemanden zum Reden, dabei brauche ich eben niemanden mehr zum Reden, ich habe genug geredet, ich will keine Hilfe mehr, ich wollte nur verschwinden, aber ich bin nicht verschwunden, ich bin hier, genauso sauer wie vorher, und der Hampelmann im Fachgeschäft für Bergsteigerausrüstung, der mir das beschissene Seil verkauft hat, der wird noch was von mir zu hören bekommen.

7. Februar

Gestern früh bin ich hier im Krankenhaus aus dem Fenster gesprungen, aber ich war noch benommen und hatte nicht bemerkt, dass sie mich aus irgendeinem bescheuerten Grund über Nacht aus dem siebten Stock in den ersten verlegt hatten. Ich landete seidenweich in der größten Schneewehe der Welt, und ein Trupp Ärzte und Pfleger kam herausgerannt, um mich wieder einzusammeln. Ich musste ihnen versprechen, so was nicht wieder zu tun, und ich versprach es, aber mit hinterm Rücken gekreuzten Fingern. Man kann mir nicht vertrauen.

8. Februar

Die können mich ja wohl nicht ohne mein Einverständnis in die Psychiatrie einweisen, auch wenn sie das am liebsten tun würden, sie müssen mich fragen, denn ich wirke so normal, das sagen sie selbst, ich bin nicht verrückt genug, außerdem bin ich volljährig, und es ist klar, dass ich normal bin, eher ist die Welt verrückt. Darüber, dass jemand beschließt, nicht mehr zu leben, dürfte sich niemand weiter aufregen, was soll daran so unnormal sein, und wenn sie mich fragen, ob ich, wenn ich aus dem Krankenhaus entlassen werde, mich ein paar Tage mental observieren lassen will oder wie das nun heißt, dann sage ich natürlich nein, heute früh haben sie gesagt, Psychogeir kommt her, um mit mir über das Ganze zu reden, aber ich bin sicher, er kommt nur, um mir wieder einzureden, ich soll mir einen Hund anschaffen. Wenn die Leute mit mir sprechen, legen sie das Gesicht in Falten, weil ich ihnen so furchtbar leidtue. In ihren Augen habe ich unglaublich süßes, lebendiges Mädchen eine Trauer erlebt, so groß, dass sie unüberwindlich wirkt, aber das ist sie nicht, sagen sie, es braucht nur seine Zeit, ich muss mir von der Zeit helfen lassen, denn die Zeit heilt alle Wunden. Es ist völlig absurd, sich in einem Krankenhaus so ein Zeug anhören zu müssen, diese Leute müssten doch besser wissen als sonst wer, dass die Zeit absolut nicht alle Wunden heilt, die Zeit heilt einige Wunden, einverstanden, aber doch nicht alle, von manchen Wunden, äußeren oder inneren, stirbt man, und diese Wunden sind im Krankenhaus häufiger als an anderen Orten.

Und mitten in alldem hab ich also einen Job angeboten bekommen. Offenbar gibt es eine Zeitschrift namens *Der Selbstmörder*, die sich an alle wendet, die Selbstmordgedanken hegen. Ich hab noch nie davon gehört, aber es gibt sie also, und jetzt ist der Redakteur gerade gestorben (surprise, surprise) und sie fragen an, ob ich das übernehmen will. Mit dem Problem haben die wahrscheinlich andauernd zu kämpfen. In der Redaktion herrscht sehr wenig Kontinuität, jetzt fragen sie mich, weil ich durch meinen Versuch landesweit bekannt geworden bin, sie denken wohl, ich kann so welchen wie ihnen, also uns, ein deutlicheres Gesicht nach draußen geben. Viele von denen, die Selbstmordabsichten hegen, werden von einem geringen Selbstvertrauen gequält, sagen sie, sie benötigen etwas Gemeinschaftsstiftendes, und so weiter, ich kann mich nicht an alles erinnern, aber mir wird klar, dass ich in Betracht ziehe, den Job anzunehmen, dann hab ich wenigstens was zu tun, während ich alles, was in der letzten Zeit so passiert ist, überdenke und verdaue. Erst kam ein Journalist, um mich zu interviewen, über das Vorgefallene, über den Prozess, der mich dahin gebracht hat, aber im Verlauf des Gesprächs ist er wohl zu der Meinung gelangt, dass ich klug und stark bin oder so, und dann hat er mit den anderen Redaktionsmitgliedern gesprochen, von denen dann drei, vier ankamen und fragten, ob ich den Job haben will, sie sagten, ich wäre die perfekte Redakteurin, und ich glaube, sie haben recht. Man kommt für andere ja viel leichter auf Tipps und gute Ideen als für das eigene Leben. Ich glaube, für den Job wäre ich ziemlich geeignet.

Als der Journalist fragte, welchen Rat ich Leuten geben würde, die darüber nachdenken, sich das Leben zu nehmen, sagte ich, sie sollten schauen, dass sie morgens aus dem Bett kommen, sich etwas Sauberes anziehen und was aus dem Tag machen. Dass man sich das Leben nehmen will, ist ja keine Entschuldigung dafür, schlampig rumzulaufen oder ewig im Bett zu liegen, und nach dieser Äußerung fragten sie mich, ob ich nicht einen Leitartikel schreiben möchte, so als Test, damit sie sehen, ob ich wirklich für den Job tauge, und den Artikel habe ich schon fertig. Alles im selben Ton. Dass die Selbstmordkandidaten sich zusammenreißen sollen. Entweder sie tun es und ziehen die Sache durch, oder sie sollen den Arsch zusammenkneifen und was aus ihrem Leben machen. Ich finde, es ist grundverkehrt, uns mit Glacéhandschuhen anzufassen und lieb und nett mit uns zu reden. Freunde und Familie und Therapieeinrichtungen müssten vielmehr hart sein und Ansprüche stellen und uns daran erinnern zu duschen und uns zu jedem Geburtstag Wecker schenken. Aber was weiß ich, wann es mal so weit ist? Ich fühle mich auf einmal stark. Aber auch benommen. Vielleicht geben die mir hier irgendwas, ohne dass ich es weiß. Ich muss unbedingt mal danach fragen.

11. Februar

Riesenzirkus hier heute. Alle waren auf einmal da. Und meistens schauen sie mich an, als wäre ich ein niedliches kleines Kaninchen namens Hoppelpoppel oder Süßnase, das sich die Pfote gebrochen hat.

Trond und Bitten haben lange über alles Mögliche geredet, aber den Abschiedsbrief, den sie ja längst gefunden und gelesen haben müssen, den haben sie nicht erwähnt. Und sie hatten Napoleonschnitten dabei. Merkwürdige Idee. Sie waren sicher beim Samstagseinkauf und sind beim Bäcker vorbeigekommen, und Bitten, es kann nur sie gewesen sein, hatte die Idee, mir ein Stück mitzubringen, denn das Essen im Krankenhaus ist ja bekanntlich eher so lala, und obwohl Trond sicher skeptisch war, hat er nichts dagegen gesagt, denn er weiß ja, dass Bitten in zwischenmenschlichen Dingen gut ist, sie hat den Bogen raus sozusagen, trotzdem ist es schon komisch, einer suizidalen Achtzehnjährigen Napoleonschnitten mitzubringen. Ausgerechnet Napoleon. Der mag ja grundsätzlich ganz gute Ideen gehabt haben, aber dann wurde er größenwahnsinnig, was mehr Leben gekostet hat als nötig, und obwohl ich derzeit auf mein eigenes Leben nicht so großen Wert lege, habe ich nichts für Leute übrig, die fremde Leben opfern. Was jeder Einzelne mit seinem Leben zu tun beschließt, ist Privatsache, aber an fremden Leben sollten wir uns nicht vergreifen, die gehen uns nichts an. Wir haben Napoleon vor ein paar Jahren am KG durchgenommen, und obwohl ich vielleicht nicht besonders gut aufgepasst habe, scheint doch einiges hängen geblieben zu sein. Schon seltsam.

Während Trond und Bitten da saßen, das Kuchenstück im Blick, und sich fragten, ob ich es wohl bald essen würde, schielte ich insgeheim auf den Fernseher an der Wand. Es lief eine Wiederholung von der Eröffnungsfeier der Winterolympiade in Turin. Ich finde ja, all diese Feiern sehen mehr oder weniger gleich aus, aber zwei, drei gute Sachen waren schon dabei, und als Belmondo das Feuer entzündete, war ich ein bisschen gerührt, wie ich feststellen musste, und das, obwohl der Ton abgeschaltet war. Ich glaube, Trond und Bitten dachten, ich sei traurig, weil ich an Mama und Papa und Tom denken musste und daran, dass ich selbst auch beinahe gestorben wäre. Ich ließ sie in dem Glauben, und weil ich ein bisschen nett sein wollte, aß ich ein Stück von der Kuchenschnitte und sagte, sie sei lecker.

Später kam Krzysztof mit Blumen. Er wirkte völlig schockiert. Er war zum ersten Mal hier. Möglicherweise wird in Polen kein Selbstmord praktiziert, fiel mir hinterher ein. Das Leben ist dort heilig. Wahrscheinlich kennen die auch keine Abtreibungen. Jede Menge Kinder überall. Nette polnische Kinderlein mit Solidarność-Ansteckern an den Jackenaufschlägen. Ich bedankte mich für die Blumen und sagte, den BMW könne er behalten, auch wenn ich nicht tot bin, und er hat sich wahnsinnig gefreut.

Dann kam noch Constance dazu, mit einem kleinen Hundewelpen in einer Tasche. Der war für mich. Sie weiß zwar, dass man eigentlich keine Tiere verschenken soll, aber sie findet, hier kann man mal eine Ausnahme machen, ich brauche einen Hund, sagte sie, das dulde keinen Aufschub, ich brauche etwas, für das ich sorgen muss, etwas so Niedliches, dass das Gehirn sich auf Autopilot umstellt und Liebe und Fürsorge empfindet und anfängt, längerfristige Pläne zu machen. Sicher eine raffinierte Überlegung. Und er ist wirklich niedlich. Ein kleiner Labrador. Ich habe beschlossen, dass er Finch Hatton heißen soll, oder Denys, denn der ist doch auch bei einem Flugzeugabsturz in Afrika ums Leben gekommen, in seinem gelben Flugzeug, jedenfalls war es im Film gelb, zusammen mit einem armen Afrikaner, aber im Krankenhaus sind Hunde verboten, also sagte Constance, sie schmuggelt ihn jetzt jeden Tag in der Tasche hier rein, und wenn die Kinder auf der Kinderstation einen Asthmaanfall kriegen, leugnen wir alles. Und dann kam auch noch Psychogeir. Eine geschlagene Stunde lang hat er Constances Hunde-Initiative in den höchsten Tönen gelobt. Eine fantastische Idee, fand er. Genau das Richtige. Krzysztof begriff gar nichts von dem, was jetzt los war, er saß nur da und nickte beglückt und dachte an sein Auto und aß die Napoleonschnitte auf. Psychogeir sagte, jetzt, wo ich einen Hund habe, brauchen wir uns vielleicht nicht mehr so oft zu treffen. Er glaubt, alles kommt von allein in Ordnung, aber er möchte trotzdem, dass wir uns von Zeit zu Zeit sehen, damit er checken kann, ob ich auf dem rechten Weg bin. Unglaublich, dass das Gesundheitssystem ihn nicht schon längst rausgeschmissen hat. Ich habe ihn schon einmal reingelegt, und nichts auf der Welt wird leichter, als ihn noch mal reinzulegen. Ich fragte ihn, ob Hunde sich nicht auch manchmal das Leben nehmen, und er sagte klipp und klar nein, das sei undenkbar.

Ich glaube, das liegt daran, dass Hunde zu direkt sind. Die denken nicht lang nach. Wenn sie klein sind, sind sie niedlich, ansonsten sind sie zu nichts nutze. Mir wird klar, dass ich Geschöpfen sehr skeptisch gegenüberstehe, die alles in sich reinfressen und nicht begreifen, dass es einen Ausweg gibt.

Nach einer Weile ging Krzysztof nach Hause, Fliesen legen; Constance und Psychogeir saßen noch lange am Fußende von meinem Bett und unterhielten sich miteinander. Ich glaube, vor allem über Hunde und Pferde, aber ich weiß es nicht so genau. Ich war zu matt, um es näher zu verfolgen. Ich döste und guckte Olympia. Sie schienen sich aber gut zu verstehen, und während sie sich unterhielten, gewann Kari Traa Silber im Freestyle-Skiing auf der

Buckelpiste. Sie wirkt so zufrieden und voller Energie. Eigentlich ist sie unerträglich nett. Als wäre irgendwo doch was faul. Ich muss unbedingt herausfinden, ob sie einen Hund hat.

12. Februar

Viel Olympia heute. Snowboard und Slalom und noch was, das ich schon vergessen hab. Hab nur mit einem halben Auge zugesehen. Aber ein Norweger namens Lars hat im Skispringen auf der Normalschanze gewonnen. Es hieß, er komme aus Voss. Genau wie Kari Traa. Er wirkt auch sehr nett, aber nicht so maßlos nett wie sie, ist ein bisschen zurückhaltender, zum Glück. Aber vielleicht müsste man mal näher untersuchen, was mit dem Städtchen Voss los ist. Ich sollte vielleicht mal einen Abstecher dahin machen, für eine Reportage, und nach der Selbstmordrate schauen. Und der Hundedichte.

Constance und Finch Hatton waren hier. Ich versuche, hart zu bleiben, aber ich muss doch zugeben, dass er entzückend ist. Er leckt mir die Hand und all so was.

14. Februar

Auf einmal fühle ich mich viel schlechter. Ich glaube, sie haben die Dosis meiner Medikamente herabgesetzt. Wie eine Art Vorbereitung auf die Entlassung nach Hause. Sie wollen sehen, wie ich mich halte. Psychogeir, der Dussel, hat ihnen offenbar gesagt, jetzt, wo ich einen Hund habe, können sie mich nach Hause schicken, wenn der Schaden am Kopf behoben ist. Ich will nicht nach Hause. Es gefällt mir im Krankenhaus. Es gefällt mir, dass die ganze Zeit

Leute reinkommen, um nachzusehen, wie es mir geht, und mich zu fragen, ob ich etwas brauche.

Dass ich die Elastizität des Seils falsch berechnet habe, macht die Dinge erheblich komplizierter. Wenn es funktioniert hätte wie geplant, wäre jetzt alles vorbei. Ich wäre frei. Jetzt bin ich alles andere als frei. Das Pendel schwingt mit voller Kraft zurück. Ich habe versagt und zugleich das Leben geschenkt bekommen, das macht es so vertrackt. Ich kann es bei Gelegenheit wieder versuchen, aber die Dinge wirken nicht mehr so einfach wie zuvor. Nächstes Mal kommt es mich teurer zu stehen. Und wenn ich weiterlebe und es nicht noch einmal versuche, kommt es mich auch teuer zu stehen. Außerdem empfinde ich eine Art Scham bei dem Gedanken, wieder in der Schule aufzutauchen. So von wegen, schaut mal, da geht die, die sich vor allen Eltern in der Turnhalle hat aufhängen wollen. So was von cool.

15. Februar

Die gute Nachricht ist, dass wir heute früh Schweden im Eisstockschießen besiegt haben. Die schlechte ist, dass sie mich nach Hause schicken wollen. Sie sagen, ich habe mich schneller erholt als gedacht, und wenn ich regelmäßige psychologische Betreuung bekomme, steht der Entlassung nichts entgegen. Hier im Krankenhaus wollen sie mich jedenfalls nicht mehr haben, spüre ich, sie sagen es fast selbst, das Bett wird für andere gebraucht, und als ich fragte, ob ich nicht wenigstens bis nach der Olympiade bleiben kann, sagte der Oberarzt nur einfach Nein, er überlegte nicht mal, er sieht tatsächlich nur auf das Äußere, auf den Leib und seine banalen Funktionen, aber wie man sich fühlt, spielt offenbar überhaupt keine Rolle, das ist ziemlich schockierend.

16. Februar

Die Familie mobilisiert sich, damit ich nicht alleine zu Hause sitze. Trond und Bitten öffnen mir ihre Türen, ich soll bei ihnen wohnen, sagen sie, sie trauen mir nicht nach dem, was passiert ist, aber ich habe dankend abgelehnt. Ich will allein sein. Das Schöne ist, sie können mich nicht zwingen, denn ich bin achtzehn. Als ich noch nicht achtzehn war, hätte ich nicht gedacht, dass der Unterschied so groß ist, aber alles ist anders, ich entscheide selbst, wo ich sein will, was ich tun will, wem ich Papas BMW schenke, wie lange ich lebe. Es gibt nichts, das ich nicht selbst entscheide.

17. Februar

Wieder zu Hause zu sein, macht mich völlig fertig. Ich liege im Wohnzimmer auf dem Sofa, gucke Olympia und habe Krzysztof gebeten, ein paarmal am Tag bei mir vorbeizuschauen und Hallo zu sagen und zu fragen, wie es mir geht. Er war auch unten in der Kurve im Supermarkt und hat ein bisschen was zu essen gekauft, ich muss was essen, findet er, ich sei so dünn geworden, er denkt, ich hätte eine Essstörung, ich habe einfach nur nicht besonders Hunger, und er hat mir ein paar polnische Krapfen gebacken, die haben aber genauso geschmeckt wie norwegische. Ich hab trotzdem einen gegessen, damit er sich freut. Und Constance war da, mit Finch Hatton, sie dachte, ich will ihn bei mir haben, jetzt, wo ich wieder zu Hause bin, aber ich bin für eine solche Verantwortung noch nicht bereit. Ein Hund beansprucht einen ja ziemlich, denke ich mittlerweile. Er ist niedlich und kuschelig und so, aber er verlangt viel Zuwendung. Er braucht jeden Tag Futter und Wasser und muss raus und Auslauf kriegen und dann zu einem Kurs, damit er stubenrein wird und Ethik und Moral lernt, und dazu fehlt mir schlicht und einfach die Kraft. Das habe ich Constance gesagt, und obwohl sie es nicht zeigen wollte, konnte ich doch sehen, wie enttäuscht sie war, ich hasse es, wenn Leute enttäuscht sind, das ist so kompliziert, sie sind gekränkt und versuchen, es zu verbergen, sie sagen, das macht nichts, aber ihre Körpersprache und alles verrät das Gegenteil, und gerade Constance tut so was die ganze Zeit.

Ich weine viel. Mehr als vorher eigentlich. Vielleicht, weil ich die ganze Zeit die Lösung vor Augen hatte und wusste, dass ich es früher oder später tun würde, doch jetzt sehe ich nirgends mehr eine Lösung. Keine Ahnung, was ich tun soll. Ich habe zu gar nichts Lust. Das Draufgängertum, das mich vor einem Monat erfüllt hat, ist wie weggeblasen. Die Leute von dem Selbstmörderblättchen haben mehrmals angerufen. Mein Artikel hat ihnen gefallen, aber ich habe gesagt, dass ich zu keinem Job in der Lage bin. Vielleicht kann ich irgendwann ein bisschen für sie schreiben, falls ich Inspiration verspüre und die Todessehnsucht etwas konkreter wird.

Übrigens haben sich sämtliche norwegischen Skispringer für den morgigen Wettkampf auf der Großschanze qualifiziert. Außer Tommy Ingebrigtsen. Für ihn tut es mir ein bisschen leid. Er wirkt sympathisch. Auch er verbirgt seine Enttäuschung, er sagt, es steckt mehr in ihm drin, aber ausgerechnet diesmal hat er es nicht geschafft, und dann sagt er, er hat großes Vertrauen zu den anderen. Und es kann auch nicht immer leicht gewesen sein, einen Hardrocker als Vater zu haben. Wahrscheinlich besteht der darauf, dass Tommy so langes Haar hat. Ich glaube, Constances Cousine war mit einem von den Skispringern zusammen, ich weiß nicht mehr, mit welchem, und der wollte ihr die ganze Zeit am Hintern rumlecken, das Ferkel. Aber er hat ihr eine total coole Sonnenbrille geliehen, die hat sie behalten dürfen, als Schluss war. Krzysztof hat sich die Qualifikation zusammen mit mir angeschaut. Auch Polen hat morgen zwei Springer am Start. Adam Małysz und Robert Mateja. Ich habe lange überlegt, ob ich Małysz' Schnurrbart erwähnen sollte. Der sieht ja ein bisschen unglücklich aus. Am Ende hab ich ihn erwähnt, und Krzysztof war sauer.

18. Februar

Den ganzen Tag lang hab ich schon eine Riesenlust, eine Mohammed-Karikatur zu zeichnen. Ganz für mich allein. Eine winzig kleine. Unten im Orient brennen dänische und norwegische Fahnen, es herrscht voll das Chaos und es kommen lauter Sondersendungen und so. Wenn ich ein paar Mohammed-Karikaturen zeichne und die im *Selbstmörder* veröffentliche, dann kommt vielleicht ein Muslim und nimmt mir den Selbstmord ab. Das wirkt verlockend. Fast zu einfach. Aber es fragt sich, ob die Muslime den *Selbstmörder* lesen. Wahrscheinlich dürfen die sich auch nicht das Leben nehmen, da könnte ich wetten. Vielleicht kann ich ja in den Trabantenstädten von Tür zu Tür gehen und Abos verkaufen und auch unten in der Stadt in den Ausländervierteln, vielleicht in der Unterführung vom S-Bahnhof, wo die vielen Geschäfte sind, dann erkälte ich mich nicht bei schlechtem Wetter, und wenn ich Finch Hatton mitnehme, dann erweicht das sicher ihr Herz, kein Grund, dass Muslime Tiere weniger gern haben als andere Menschen. Ich weiß nicht, wie hoch die Auflage des *Selbstmörders* zurzeit so ist, aber eine Erhöhung ist ganz klar ein gutes Ziel. Es gibt zu viele Menschen auf der Welt. Es wäre eine gute Sache, wenn nur diejenigen hier wären, die es wirklich wollen. Dann können wir anderen uns fernhalten.

Krzysztof kam, als das Springen von der Großschanze begann. Alle Norweger haben die Finalrunde erreicht, aber Robert Mateja ist nach dem ersten Sprung rausgeflogen. Małysz ist bei der zweiten Runde nicht gut genug gesprungen, und Krzysztof ging enttäuscht Fliesen legen, bevor die besten Springer dran waren. Gold und Silber gingen an Österreich, Bronze, der vierte und der siebte Platz an uns. Dumm, dass ich nicht mehr weiß, wer der Arschlecker war. Für mich ist es völlig okay, dass Norwegen diesmal nicht so haushoch gewinnt wie sonst. Es tut uns nur gut, von anderen überrundet zu werden und zu lernen, dass es nicht typisch norwegisch ist, immer zu gewinnen. Hingegen ist es typisch norwegisch, sich das Leben zu nehmen. Das habe ich in der Zeitung gelesen. Irgendein UNO-Komitee ist schwer betrübt über die Selbstmordrate bei norwegischen Teenagern und hat die Regierung gerügt, sie tue nicht genug dagegen. Das überrascht mich nicht. Apropos, morgen hab ich meinen Termin bei Psychogeir. Muss dran denken, dass ich Finch Hatton mitnehme und so tue, als würde ich ihn über alles auf der Welt lieben, und auf dem Weg kann ich ja in dem Pferde-Hunde-Katzenladen in der Kristian Augusts Gate vorbeischauen, dann tauche ich mit einer Tüte mit Tierlogo und einem neuen Halsband oder einem Ball bei Psychogeir auf, und er sieht, dass ich bereits eine begeisterte Hundebesitzerin und auf dem besten Wege zur Gesundung bin oder wie auch immer er den Zustand nennt, den ich seiner Meinung nach erreichen soll.

19. Februar
Zum Teufel mit Constance. Ich bin aufgeflogen. Psychogeir hat gefragt, ob er mein Tagebuch lesen kann. Er fand, das dürfe er fragen, wo er mich doch aufgefordert hatte, eines zu schreiben. Natürlich habe ich mich geweigert. Niemand darf in meinem Geschreibsel rumschnüffeln. Dass ich schreibe, ist mein Geheimnis. In meiner Familie hat noch niemals jemand geschrieben. So welche sind wir nicht. Aber ich tue es trotzdem. Man darf die geltenden Regeln ein bisschen schleifen lassen, wenn drei Viertel der Familie in Afrika abstürzen. Trotzdem schreibe ich für mich und nicht für Psychogeir, also hab ich gesagt, er soll es vergessen. Dann fragte er, wie ich mit Finch Hatton so zurechtkomme, ob wir uns gut verstehen, und ich trug dick auf und erzählte, wie toll es doch sei mit so einem Hund, er sei der Freund, den ich mir immer gewünscht hätte, ohne es zu wissen, wir seien unzertrennlich, wir schliefen nachts dicht aneinandergekuschelt, aber dann stellte sich heraus, dass er mit Constance gesprochen und sie ihm erzählt hat, dass sie für Finch Hatton sorgt und ich ihn jeden Tag nur kurz sehe und gesagt habe, für so eine Verantwortung sei ich noch nicht bereit, und außerdem hat sie offenbar gesagt, sie findet, ich wirke unzurechnungsfähig, und sie hat Angst, dass ich noch einen Versuch mache.

Ich rannte aus Psychogeirs Praxis raus, vergaß Finch Hatton völlig und nahm ein Taxi nach Hause, aber ich fühle mich hier nicht sicher, ich habe Angst, dass Psychogeir irgendwelche Maßnahmen veranlasst, wie er das nennt, und zwar, dass ich zur Beobachtung in irgendeine Anstalt eingeliefert werde, allein die Vorstellung ist mir absolut unerträglich, die Vorstellung, dass ich nach allem, was passiert ist, auch noch die Freiheit verliere, das schlägt dem Fass wirklich den Boden aus, die Freiheit rumzulaufen und einfach ich selbst zu sein, diese Freiheit, das erkenne ich jetzt, ist das Einzige, was mir überhaupt helfen kann, und das kann Psychogeir natürlich nicht verstehen, schon gar nicht mehr jetzt, wo er weiß, dass ich ihn beschummele. Er denkt, ich muss vor mir selbst geschützt werden, und damit hat er vielleicht sogar recht, trotzdem will ich, dass die Entscheidung ganz und gar bei mir liegt. Wenn ich leben will, dann will ich leben, weil ich mit meinem ganzen Wesen spüre, dass es so richtig ist, und nicht, weil mich jemand am Sterben hindert. Im Taxi dachte ich, ich müsse sofort beim Nachhausekommen Schluss machen, um Psychogeir zuvorzukommen, aber als ich zu Hause war, legte ich mich nur einfach aufs Sofa und starrte an die Decke und war ganz leer, und dann klingelte das Telefon, es war Psychogeir, dem ich versprechen musste, keinesfalls heute noch das zu tun, was ich eben gedacht hatte, egal, was genau ich gedacht hatte, und er gab mir eine Internet-Adresse, bei der ich heute Abend schon reingeschaut habe, und da heißt es, dass der Wunsch, sich das Leben zu nehmen, entsteht, wenn der empfundene Schmerz überwältigend größer ist als die Möglichkeiten, mit ihm fertig zu werden, und dass die meisten, die sich das Leben nehmen wollen, sich eigentlich nur danach sehnen, vom Schmerz befreit zu werden und endlich Erleichterung zu verspüren, aber wenn man nicht mehr lebt, kann man keine Erleichterung mehr empfinden, und ich erkenne durchaus, dass da etwas Wahres dran ist, trotzdem will ich nicht eingeliefert werden, und ich denke, wenn ich hier im Haus bleibe, dann wird genau das passieren, dann kommt Psychogeir mit weiß bekittelten Pflegern und einem Krankenwagen und sie bringen mich an einen Ort mit vielen Türen und Schlössern, und dann geben sie mir Medikamente und alles wird nur noch schlimmer, also kann ich nur eins tun, nämlich verschwinden.

20. Februar
Ich bin abgehauen. Ich hab MP3-Player und Pass und Zahnbürste und ein paar Slips und Tampons und die Kreditkarte und sonst noch ein paar Kleinigkeiten in Papas Reiserollkoffer gepackt und mich von Krzysztof in Papas BMW, der jetzt Krzysztofs BMW ist, zum Flugplatz Gardermoen fahren lassen, und wie sich herausstellt, geht jetzt nachts kein Flieger, aber ich darf auf den Sitzen in der Abflughalle schlafen, ich liege ganz am Ende in dem Flügel des Gebäudes, in den man kommt, wenn man mit dem Aufzug vom Bahnsteig des Flughafenzubringers hochfährt, sonst liegt hier niemand, aber manchmal kommt wer vom Reinigungspersonal vorbei, und hinten beim Café ist ein Fernseher, in dem vorhin eine Wiederholung vom 1000-Meter- und 5000-Meter-Shorttrack-Rennen der Herren kam, die vor ein paar Tagen stattfanden und die beide ein wahnsinnig süßer Koreaner namens Ahn Hyun-Soo souverän gewonnen hat. Auf den ersten Runden bleibt er ganz hinten und wirkt vollkommen ungefährlich, aber dann, wenn nur noch ein, zwei Runden zu laufen sind, überholt er die anderen in der Außenkurve. Die Gegner haben keine Chance. Ganz schön tough. Es erregte mich

zuzusehen. Es kribbelte im ganzen Körper. Mir gefällt es hier auf dem Flugplatz. Flugplätze haben was. Ich bin nicht mehr geflogen, seit Tom und Mama und Papa abgestürzt sind, ich hatte beschlossen, nie wieder in ein Flugzeug zu steigen, aber jetzt wird mir klar, dass das falsch wäre. Im Gegenteil, ich sehne mich nach dem Fliegen. Bereits auf dem Flugplatz zu sein gibt mir eine Art Freiheitsgefühl. Von hier aus kann ich reisen, wohin ich will. Ich weiß nicht, wohin ich will. Aber ich sehne mich danach, die Erde zu verlassen. Danach, in der Luft zu sein. Ich habe das Gefühl, als wäre ich dort zu Hause. Ich will vom Erdboden verschwinden.

21. Februar
Welche Freude, in die Luft zu kommen. Die Veränderung wirkt unmittelbar und total. Als ob das ganze alte Leben unten auf dem Boden bliebe. Hier oben gelten andere Spielregeln, es gibt andere Möglichkeiten. Fast nicht zu glauben, dass ich darauf nicht früher gekommen bin. Die Lösung liegt im Fliegen. Hier oben bin ich mit Tom und Mama und Papa vereint. Ich lebe nicht, bin aber auch nicht tot, sondern mitten dazwischen, und wenn ich abstürze, macht es überhaupt nichts.

Wir fliegen gen Süden, ich sitze auf der rechten Seite und habe nach dem Start ganz Oslo und den Fjord sehen können. Unser Haus und das KG auch, und da fiel mir ein, dass ich ja niemandem gesagt habe, dass ich verreise, und das tat mir ein paar Sekunden lang leid, aber dann dachte ich, scheiß drauf, sollen sie halt nachdenken, wo ich sein könnte, soll Constance sich damit quälen, ob ich wegen etwas verschwunden bin, das sie gesagt oder getan hat, dabei kann sie dann ihr großes Pferd striegeln, das übrigens zu dick ist, das habe ich vielleicht noch gar nicht erwähnt, aber es ist dick wie eine Seekuh.

Unterwegs nach Kopenhagen. Flughafen Kastrup. Ohne jede Absicht, in die Stadt selbst zu fahren. Will mich nur ein bisschen auf dem Flugplatz umsehen, vielleicht ein Würstchen essen und in ein paar Läden schauen und dann irgendwohin weiterfliegen.

Ich schlief ein, als das Flugzeug über das offene Meer kam, und wachte davon auf, dass eine Stewardess mich schüttelte und fragte, ob ich Hilfe bräuchte. Es stellte sich heraus, dass ich im Schlaf geweint hatte. Ich bezweifle, dass ich das öfter tue, aber ich kann nicht sicher sein, ich schlafe ja allein. Mein Kissen ist jedenfalls nicht nass, wenn ich aufwache, nicht mal feucht. Trotzdem bedankte ich mich für die Aufmerksamkeit und durfte mit in den geheimen Stewardessenraum ganz hinten im Flugzeug. Als wir durch den Mittelgang gingen, sahen die anderen Fluggäste mich an, meist Männer mit PCs, und dachten wahrscheinlich, ich hätte Angst, dass das Flugzeug abstürzen könnte, und hätte mich nicht unter Kontrolle. Wenn die wüssten. Die Stewardess, sie hieß Mona, gab mir eine Tasse Tee, und da weinte ich noch mehr, denn das erinnerte mich an Mama, die auch immer dachte, man bräuchte nur eine Tasse Tee zu trinken, und alles würde besser. Aber der Tee schmeckte gut und ich hörte zu weinen auf und mir fiel plötzlich ein, dass ich geträumt und vielleicht wegen des Traums geweint hatte, obwohl der eigentlich schön war. In meinem Traum war das Rathaus von Oslo kein Rathaus mehr, sondern ein Ort, an dem man die Toten besuchen konnte, so ähnlich wie in einem Gefängnis, ich musste lange Schlange stehen, bis ich an einen Tresen kam, an dem ich die Namen derer, die ich besuchen wollte, in ein Formular eintrug, und schließlich wurde ich in ein oberes Stockwerk geführt, in einen kleinen Besuchsraum, wo die Toten auf der anderen Seite eines Gitters warteten. Man durfte sich an den Händen halten und miteinander reden und ihnen sogar Mitbringsel geben, wenn man wollte. Ich freute mich so. Ich war angenehm überrascht, dass die Stadtverwaltung so etwas hatte einrichten können, noch dazu so zentral, einfach mit der U-Bahn hinfahren und fertig. Aber Mama und Papa und Tom waren nicht zu sehen. Nur Opa. Er saß da mit seinen großen Händen und sah aus wie immer, vielleicht etwas verschlossener als früher, trotzdem ganz gegenwärtig und manchmal sogar mit einem lächelnden Funkeln in den Augen, und er sagte, er hätte gern ein Messer, so allmählich langweile er sich hier drin, wenn er ein Schnitzmesser hätte, das wäre toll, er wusste auch genau, was für eins es sein sollte, handgeschmiedete Klinge und Messingbeschlag und Holzgriff aus Bergahorn, aber so ein handgemachtes Messer ist leider ziemlich teuer, sagte er, so zweitausend Kronen, und er hatte kein Geld, also müsste ich es ihm vorstrecken, falls ich so viel habe, bis er es irgendwie zurückzahlen kann, und ich sagte, da soll er sich mal keine Gedanken machen, ich hätte Geld genug, das würde mir gar nichts ausmachen, und ich konnte sehen, wie er sich freute. Ich versprach ihm, nächstes Mal so ein Messer mitzubringen, und dann fragte ich nach Tom und Mama und Papa, aber Opa schüttelte den Kopf und sagte, er soll sehr lieb von ihnen grüßen, aber sie waren noch nicht bereit für eine Begegnung, es war zu schlimm für sie, sie hatten sich noch nicht recht daran gewöhnt, tot zu sein, tot sein ist keine Kleinigkeit, das solle ich ja nicht denken.

Vielleicht kann ich sie dann ja nächstes Mal sehen, sagte ich. Ja, vielleicht, sagte Opa und nahm meine Hand, und dann saßen wir so ein paar Minuten, bis ein Aufseher kam und sagte, die Besuchszeit sei vorbei. Bergahorn, rief Opa mir nach, als die Tür sich schloss. Ich ging hinaus, setzte mich auf die Rathaustreppe und blickte auf den Fjord und all die lebendigen Menschen auf dem Rathausplatz, die einen zu Fuß, andere auf Skateboards, und ich dachte, es ist gut zu wissen, dass Opa und Tom und Mama und Papa zusammen sind, dass sie hier in Oslo sind, dass dieses große, merkwürdige Stück Architektur zum Haus der Toten geworden ist. So zeigen wir der Welt, dass unsere Gesellschaft gut für ihre Toten sorgt, kurz gesagt, dass wir sie wichtig nehmen. Die Toten begegnen den Reisenden, die in den Fjord einfahren, als Erste. So ist das bei uns, dachte ich, so machen wir das in Norwegen.

Jetzt liege ich seit mehreren Stunden in Kastrup auf einer wenig benutzten Bank in der Nähe eines Flugticketschalters. Ich höre Musik und versuche zu akzeptieren, dass ich wieder unten auf der Erde bin. Aber das ist schwer. Es ist so zahm. Und meine Gedanken kommen nicht voran. Sie kreisen die ganze Zeit um dasselbe. Ich denke, wenn die Menschen um mich herum jederzeit ganz plötzlich sterben können, einer nach dem anderen, mehr oder weniger, wo soll das dann hinführen? Dann hat es ja gar keinen Sinn, sich auf jemanden einzulassen. Dann bin ich gezwungen, einfach Julie zu sein, allein, jetzt und für immer. Oder ich entscheide mich dafür, gar nicht zu sein. Aber dann muss ich mich ein bisschen anstrengen und es richtig durchziehen, nicht so, dass man es als Hilferuf missverstehen kann. Alles in meinem Kopf hat Platz in einem winzigen Kreis.

Ich komme immer wieder zum Ausgangspunkt zurück. Ich muss schnellstmöglich wieder in die Luft. Dort bin ich zu Hause. Dort kann Unvorhergesehenes passieren. Menschliches Versagen. Technisches Versagen. Dinge, die ich nicht selbst beeinflussen kann.

Irgendwann heute fiel mir ein Mann auf, wohl Mitte 30, der auf einer anderen Bank saß und mich ganz lange ungeniert ansah, und wenn unsere Blicke sich begegneten, nickte oder lächelte er. Er sah ganz okay aus, fast sympathisch, war aber nicht mein Typ, zu angepasst irgendwie, und er hatte die ganze Zeit so ein idiotisches drahtloses Mobiltelefondings im Ohr, auch wenn er gar nicht telefonierte, das ist ein richtig schlechtes Zeichen. Irgendwann holte er ein dickes rotes Buch aus der Tasche und schrieb da was rein, und dann kam er zu mir und fragte auf Dänisch, ob ich das Buch haben wollte. Ich sagte höflich, nein danke, aber er beharrte darauf, er fand, ich sollte es unbedingt nehmen, es könnte mir nützlich sein. Ich zuckte mit den Schultern und fragte, woher er wissen wollte, was für mich nützlich ist, aber er antwortete nicht, sondern legte nur das Buch neben mich und verschwand. Als ich das Buch aufmachte, sah ich, was er reingeschrieben hatte: Komm in zehn Minuten in die Behindertentoilette im Untergeschoss. Daneben hatte er einen ziemlich großen erigierten Penis gemalt. Ich ging runter und traf ihn. Wir gingen ein bisschen in dem Raum herum und musterten einander. Zum Schluss landeten wir auf beiden Seiten der Kloschüssel. Merkwürdigerweise spürte ich, dass ich zu so gut wie allem bereit war, aber er machte alles kaputt, weil er sich so dumm anstellte, als es zur Sache ging. Nachdem er mich nämlich eine Weile mit so einem Hündchenblick gemustert hatte, sagte er: Komm ruhig her, ich bin nicht gefährlich, ich tu dir nicht weh.

Schnurstracks drehte ich mich um und ging raus. Wenn er nicht gefährlich war, war er mir egal.

Jetzt sitze ich im Flieger nach Brüssel. Ich habe in Brüssel nichts zu tun, aber ich hatte eine Frau hinterm Ticketschalter gebeten, mir ein Ticket an einen Ort zu verkaufen, wo sie hinfliegen würde, wenn sie fliegen könnte, wohin sie wollte. Sie entschied sich für Brüssel. Irgendwie war ihr Freund Trainee in der EU-Verwaltung. Mir auch egal. Ich habe sowieso vor, von dort weiterzufliegen, bevor der Aufenthalt am Boden sich zu sehr hinzieht.

Gerade habe ich mir das dicke, rote Buch mit der vulgären Penis-Widmung genauer angesehen. Es heißt »Was jeder Däne wissen sollte« und scheint lauter mehr oder minder interessante Fakten aus Geschichte, Kunst, Geografie und allem Möglichen zu enthalten. Ich wählte auf gut Glück eine Seite und geriet so aufs Heliozentristische Weltbild, also die Weltsicht, nach der die Sonne das unbewegliche Zentrum darstellt, das von der Erde und den anderen Planeten umkreist wird, im Gegensatz zum Geozentristischen Weltbild, bei dem die Erde im Mittelpunkt steht. Beides kollidiert mit meinem eigenen Weltbild, in dem es gar keinen Mittelpunkt gibt, nur ein verfluchtes schwarzes Loch, auf das sich alles zubewegt.

22. Februar

Gestern bin ich nicht weiter als bis nach Brüssel gekommen, aber das ist kein Problem, mir geht es hier gut. Zum Glück konnte ich noch eine Schachtel belgische Schokolade kaufen, bevor die Duty-Free-Läden zumachten, das war mein Proviant für die Nacht. Hab so gut wie gar nicht geschlafen, sondern in verschiedenen Andachtsräumen gesessen und der Stimmung nachgespürt. Eine der ersten von Psychogeirs Fragen war, ob ich an Gott glaube. Das musste ich verneinen. Er sagte, Leute, die eine ähnliche persönliche Tragödie erlebt hätten wie ich, wendeten sich häufig Gott zu, und obwohl ich diesbezüglich immer eher zurückhaltend gewesen bin, muss ich zugeben, dass ich diese Möglichkeit schon länger im Hinterkopf hatte, und als ich feststellte, dass es auf dem Brüsseler Flughafen einen ganzen Korridor für die Religionsausübung gibt, dachte ich, das ist doch jetzt eine super Gelegenheit, um der Sache ein für alle Mal auf den Grund zu gehen. Places of Worship, so stand auf dem Schild oben an der Treppe. Ich vergesse immer, dass die meisten Menschen auf Erden an irgendeinen Gott glauben und dass ihnen das wichtig ist, sodass sie auch auf Flugreisen einen Ort brauchen, um sich zurückzuziehen. Darum hat die hiesige Flugplatzverwaltung sechs, nein, sogar sieben Räume eingerichtet, in denen Angehörige verschiedener Glaubensrichtungen beten oder sich einfach ein bisschen entspannen können. Es gibt einen katholischen Raum, einen protestantischen, einen orthodoxen, einen muslimischen, einen jüdischen, einen für Humanisten und sogar eine Ethikberaterin in einem eigenen Büro mit Glaswand und Schreibtisch und PC und einem Schrank. Ich beschloss, mich in einen Raum nach dem anderen zu setzen, so lang, wie ich es für nötig befand, aber ich stellte fest, dass eine Stunde ein gutes Maß ist. Ich denke, wenn ein Gott sinnvoll sein soll, dann muss er denen helfen, die es brauchen. Das sollte doch wohl eine Mindestanforderung sein. Ich brauche es. Also helfe mir

Gott. Wenn nicht, kann er bleiben, wo der Pfeffer wächst. Ich weiß noch aus der Schule, dass der christliche Gott es nicht schätzt, wenn man ihn testet, er findet, man soll ohne Bedingungen an ihn glauben und die Worte, die er in der Bibel sagt, für bare Münze nehmen. No way. Er soll bitte schön zeigen, was er draufhat. In den fünf Räumen, in denen vorausgesetzt wird, dass es einen Gott gibt, betete ich dieses Gebet, in verschiedenen Varianten: Lieber Gott, ich heiße Julie. Meine Eltern und mein Bruder sind bei einem Flugzeugabsturz in Afrika ums Leben gekommen. Ich hatte sie sehr lieb, und jetzt habe ich die Lebenslust verloren. Seit zehn Monaten geht es mir so. Du hast mir nicht geholfen, aber ich habe dich bislang auch nicht darum gebeten. Vor Kurzem habe ich versucht, mir das Leben zu nehmen, aber das hat nicht geklappt, weil mir ein Holzkopf in einem Laden in Oslo das falsche Seil verkauft hat. Seitdem ist es ganz unerträglich. Ich habe es nicht geschafft, mich umzubringen, und jetzt mag ich nicht mehr leben, kann aber auch nicht sterben. Verstehst du? Ich bin weder tot noch lebendig und ich weiß nicht, was ich tun soll. Entweder du gibst mir die Lebenslust zurück, oder du musst mir das Leben nehmen oder wenigstens jemanden schicken, der das für dich erledigt. Oder du lässt ein Flugzeug vom Himmel fallen. Wäre für dich doch eine Kleinigkeit. Mir ist klar, dass es problematisch sein mag, ein ganzes Flugzeug abstürzen zu lassen, nur weil einer der Passagiere sterben möchte, und natürlich möchte ich niemanden mit in den Tod reißen, aber du, der alles lenkt, kannst ja einfach die anderen überleben lassen. Ein Flugzeugunglück mit nur einem Opfer, das wäre doch mal eine gute Nachricht, etwas, worauf du und die Piloten richtig stolz sein könntet. Was meinst du? Ich sehe ein, im großen Zusammenhang gesehen ist das Peanuts. Ich bin nur eine Einzelne, die Welt ist groß und du denkst vielleicht, du kannst es dir erlauben, die Probleme von der kleinen Julie zu übersehen, weil die sich sowieso nicht mit den Kriegen und der Not und der unaufhörlichen Bosheit messen können, aber da bist du auf dem Holzweg, denn wenn du das Kleine nicht erkennen kannst, behaupte ich, kannst du auch das Große nicht erkennen, also sieh das hier als eine Gelegenheit, eine Zweiflerin zu retten, der es nicht gut geht, ich verspreche dir, wenn du mir auf eine Weise hilfst, die mir zeigt, dass du dahinterstehst, werde ich dir treu ergeben sein, solange ich lebe, unermüdlich, und in die Welt hinausziehen und so lange über Jesus reden, bis die Leute sich ergeben, und wenn du in mein Herz blicken kannst, wie mein Reli-Lehrer in der Grundschule immer behauptet hat, dann weißt du, dass ich es ehrlich meine. Amen.

Nach dem Beten saß ich in den ersten vier Räumen jeweils eine runde Stunde und in dem protestantischen fast zwei, schließlich bin ich im Protestantismus aufgewachsen, deshalb war die Chance auf Antwort dort vielleicht am größten. Doch nein. Nichts. Nada. Ich weiß eigentlich nicht, ob ich in diesen sechs Räumen zu verschiedenen Göttern oder letztlich zum selben gebetet habe, aber egal, keiner befand mich einer Antwort für würdig. Vielleicht ist Gott sich zu fein, um mit jemandem direkt zu kommunizieren, oder er will nicht zu deutlich sein, sondern sich immer hinter etwas verbergen, das auch etwas anderes sein und als was auch immer gedeutet werden könnte. In dem Fall sollte er seine Haltung überdenken. Du kriegst keine Hilfe, wenn du nicht glaubst, aber du fängst auch nicht an zu glauben, bevor du Hilfe bekommst. So läuft das Ganze auf ein Huhn-oder-Ei-Problem hinaus, und

Gott sorgt selbst dafür, dass er sich nicht auf dem Markt behaupten kann.

Im humanistischen Raum erhielt ich auch keinerlei Antwort, aber immerhin entspannte ich mich ganz gut und futterte Schokolade, bis die Textilkunst an den Wänden und die Dämmerbeleuchtung irgendwann gegen ihren Zweck wirkten und mir auf die Nerven gingen, mir war, als säße ich in einer Art Wartezimmer, während irgendwo besprochen wurde, ob ich für die Waldorfschule geeignet war oder nicht.

Als die Ethikberaterin zur Arbeit erschien, hatte ich schon ein paar Stunden vor ihrem Büro geschlafen. Sie ist eine junge Frau Ende zwanzig, und wenn ich es richtig verstanden habe, studiert sie Ethik oder Moral oder so was hier in Brüssel an der Uni. Ganz offensichtlich war sie nicht gewöhnt, dass jemand schon auf sie wartet, wenn sie zur Arbeit kommt. Es brachte sie ein wenig durcheinander. Sie schloss ihre Glastür auf und setzte sich hin und richtete sich das Haar, und nach einer Weile nickte sie, ich könne reinkommen. Ich setzte mich auf den Stuhl vor ihrem Schreibtisch und fragte, ob sie mir den einen oder anderen Rat geben könne, ethischer oder anderer Natur, das sei mir gleich, sagte ich, Hauptsache, ich könne ihn brauchen. Sie fragte, was denn mein Problem sei, und ich erklärte ihr, dass Tom und Mama und Papa in Afrika abgestürzt sind etc. Dummerweise sagte ich, sie hätten mit Afrika einen Crash gehabt, mein Englisch ist ja nicht so gut, und mir fiel selbst auf, wie dämlich das klang, mit Afrika einen Crash gehabt, das stimmte zwar einerseits, sie starben, als sie mit Afrika einen Crash hatten, trotzdem, so sagt man das nicht, ich musste lachen, und das fand die Ethikberaterin vielleicht unpassend, denn sie fühlte sich sichtlich unwohl und rutschte auf ihrem Stuhl herum und dachte vielleicht, ich wollte mich über sie lustig machen. Aber nach einer Weile wurde ihr klar, dass das nicht der Fall ist, dass es mir richtig schlecht geht und ich Hilfe suchte. Da wurde sie nervös und sagte, für solche ernsten Probleme sei sie nicht ausgebildet, das sei sie nur für kleinere moralische Flugplatzprobleme. Zum Beispiel?, fragte ich, und sie sagte, am häufigsten seien Männer, die auf Reisen rumgehurt und jetzt Angst vor zu Hause hätten, die sich fragten, ob ihre Frau das vielleicht herauskriegt, ob sie es gleich beichten sollten oder nach einer Weile oder gar nicht, aber eigentlich war sie auch dafür nicht besonders geeignet, denn sie hatte, um die Wahrheit zu sagen, mit zwei, drei dieser Männer geschlafen, drüben im humanistischen Raum, denn das war der einzige in dem ganzen religiösen Flur, der sich von innen abschließen ließ. Sie sei überhaupt für diesen Job schlecht geeignet, sagte sie, aber das war ihren Vorgesetzten bisher verborgen geblieben, und selbst würde sie nichts verraten, denn Ethikberaterin auf dem Brüsseler Flughafen sei ein interessanter und ordentlich bezahlter Job und gut mit dem Studium vereinbar. Als ich sie fragte, was sie Leuten wie mir üblicherweise erzählt, sagte sie, es komme eben sehr selten jemand mit echten Problemen, aber wenn doch, dann rate sie ihm, zu Hause einen Psychologen aufzusuchen, und ansonsten spiele sie dann schöne Musik auf der Stereoanlage im Schrank ihres Büros und tue so, als ob nichts wäre, und sage, manchmal helfe es ja schon, die Augen zuzumachen und zusammen mit jemand anderem etwas Schönes anzuhören und sich dabei ein bisschen zu entspannen.

Ich bat sie, solche Musik aufzulegen, sie stand auf, öffnete den Schrank und sagte, ich würde jetzt eine Version von *Somewhere over the Rainbow* hören, die ein Mann auf Hawaii eingespielt hat, er hieß irgendwas mit Israel und spielte Ukulele und wog 300 Kilo und ist vor rund zehn Jahren gestorben, aus Luftmangel, wegen seinem Gewicht. Dann drückte sie auf Play, ging zu ihrem Stuhl und setzte sich hin.

Der Song hat mich völlig fertiggemacht. Mit das Schönste, was ich je gehört habe. Im Hintergrund die schlichte Ukulele, darüber eine weiche, kraftvolle Stimme, voller Schmerz und Hoffnung, beides aber auf eine stille, dennoch eindringliche Weise. Es ist fantastisch zu erleben, dass andere auch ihre Probleme haben, dass sie sich der Welt oder sich selbst gegenüber fremd fühlen. Natürlich musste ich weinen. Und konnte nicht mehr aufhören. Und die Ethikberaterin nahm mich mit zu sich nach Hause. Sie heißt Marijke.

27. Februar

Bin jetzt seit ein paar Tagen bei Marijke. Hab nur immer völlig platt auf ihrem Sofa gelegen und Olympia geguckt, während sie auf dem Flugplatz moralische Ratschläge erteilte. Shorttrack ist definitiv meine Lieblingsdisziplin. Noch einmal zeigte sich, dass Ahn Hyun-Soo der Beste ist. Wie er vorgestern das Finalrennen im Staffellauf gewann, das war einfach unglaublich. Ich konnte gar nicht mehr aufhören zu weinen. Natürlich weine ich zurzeit über alles Mögliche, aber trotzdem. Fünf Nationalitäten liefen 50-mal um die Kurzbahn, also 5000 Meter, und übergaben an ihre Mannschaftskameraden, indem sie ihnen auf den Hintern schlugen und ihnen so einen Extraschubs verpassten. Italien, China, die USA, Korea und Kanada hatten das Finale erreicht. Kanada hat bei der letzten Olympiade gewonnen, die standen besonders unter Druck. Kurz nach dem Start übernimmt Kanada die Führung vor den USA, Korea ist Dritter. China und Italien liegen hinten und werden nicht mehr gesehen. Irgendwann fällt auch der US-Läufer zurück, Korea liegt jetzt auf Platz zwei. So geht es eine ganze Weile. Dann überholt der Koreaner und liegt längere Zeit vorn, der Kanadier ihm dicht auf den Fersen, aber erst mit einem besonders geschickten Manöver kann er vorbeiziehen. Als keine zehn Runden mehr zu laufen sind, überholt Korea abermals, wird aber drei Runden vorm Ziel von Kanada wieder auf den zweiten Platz verbannt. Ich saß auf dem Sofa und johlte mit dem Stadionpublikum mit. Noch zwei Runden, Kanada scheint es zu schaffen. Ein Irrsinnstempo. Auf einmal ist es, als ob in Ahn Hyun-Soo etwas explodieren würde. Er beschleunigt mit ein paar blitzschnellen Schritten und überholt den Kanadier – in der Außenkurve! Das ist eigentlich so gut wie unmöglich, aber er tut es, und zwar so kraftvoll und elegant, dass ich noch beim Aufschreiben Gänsehaut bekomme und weinen muss. Das Schöne ist, dass die Koreaner den vorn laufenden Kanadiern so lange ganz gelassen zugesehen haben. Anscheinend völlig ungerührt. Sogar die beiden Male, als Kanada die Koreaner überholte, gab es keinerlei Anzeichen von Nervosität, man könnte fast auf den Verdacht kommen, die Koreaner hätten die Kanadier absichtlich vorbeigelassen, weil sie wussten, dass Ahn Hyun-Soo das Ruder in den beiden letzten Runden wieder herumreißen würde. Keine Ahnung, warum ich das alles aufschreibe. Eigentlich völlig absurd. Ich hab mich noch nie für Sport interessiert.

Eigentlich müsste ich jetzt im *Kristelig Gymnasium* sitzen und mit den anderen Fräulein Meyers Ausführungen über die alten Griechen lauschen, über deren wohlorganisierte Stadtstaaten, die, so findet sie, letztlich die Grundlage für alles geschaffen haben, was wir heute so treiben, und stattdessen liege ich in einer kleinen Wohnung am Stadtrand von Brüssel auf dem Sofa und weine über ein Kurzbahnrennen und weiß weder aus noch ein. Es ändert sich wirklich vieles durch so einen Flugzeugabsturz.

28. Februar

Abends kümmert Marijke sich um mich. Sie holt Take-away-Thaifood und versucht mich aufzumuntern. Besonders geschickt stellt sie sich dabei nicht an, aber ich mag sie trotzdem. Es tut gut, einfach ein bisschen an einem Ort rumzuhängen, wo einen niemand kennt. Es macht Spaß, mit Marijke schlechte Filme anzuschauen. Außerdem hat sie einen schwarz gekleideten Nachbarn namens Dennis, der jeden Abend vorbeischaut, um Tee zu trinken und über den Tod zu reden. Er ist einer von denen, die mit wem auch immer einen Selbstmordpakt schließen würden, aber sonst ist er ganz in Ordnung. Er meint, wenn ich weiterleben will, sollte ich aufhören, Tagebuch zu schreiben, denn dadurch beiße ich mich immer nur noch weiter an meinen Problemen fest, sagt er. Er findet, alle Sätze, die das Wörtchen »ich« enthalten, müsste man am selben Tag verbrennen. Erst fand ich ihn zu kindisch, um auf ihn zu hören, aber heute Abend hat er etwas gesagt, das mir doch Lust macht, über etwas anderes zu schreiben als über meine Gedanken und Gefühle. Er sagte: Schreib über jemand anderen. Zum Beispiel über ein Mädchen in deinem Alter.

Gib ihr einen Namen und schreib über ihr Leben. Du wirst sehen, das befreit.

1. März
Ich bin weitergeflogen. Bin jetzt unterwegs nach Bangkok. Vor dem Abschied schloss Marijke meinen MP3-Player an ihren PC an und überspielte den Ukulele-Song, den wir in ihrem Büro gehört haben. Sie sagte, ich könne gern noch bleiben, aber ich sagte freundlich nein danke. Ich wurde von zu vielen Gedanken bedrängt, nachdem die Olympiade vorbei war und ich nicht mehr zu allen Tageszeiten die Wettkämpfe live und in Wiederholungen sehen konnte. Schon nach dem letzten Kurzbahnrennen vor vier Tagen spürte ich, wie sich die Rastlosigkeit einschlich.

Es ist schrecklich, dass es bis zu den nächsten Winterspielen noch vier Jahre hin ist. Wer weiß, ob ich dann noch lebe.

Jetzt bin ich wieder in der Luft. Schon geht es mir besser. Beim Start fing ich an zu lächeln. Ich glaube, das liegt daran, dass ich die Kontrolle abgeben muss. Ich kann nichts mehr tun. Das Gefühl bringt mich zu der Überlegung, ob ich nicht selbst Pilotin werden sollte oder Astronautin, dann könnte ich in der Internationalen Raumstation sitzen und dann und wann mal zur Erde runterschauen. Allerdings müsste ich dafür sofort wieder in die Schule. Wahrscheinlich sieht niemand gern suizidale Astronauten, die sich davonmachen, wann immer es ihnen passt.

Marijke brachte mich zum Flugplatz. Zum Abschied umarmte sie mich und sagte, sie würde am liebsten mitfliegen, mir die Hand halten und aufpassen, dass ich keine

Dummheiten mache. Das fand ich keine gute Idee. Wir würden nur streiten. Aber sie sagte mehrmals, dass ich jederzeit wieder nach Brüssel kommen kann, für ethische Beratung oder eine Tasse Tee oder ein warmes Bett.

Vor dem Einschlafen lag ich gestern noch lange wach und dachte darüber nach, was Dennis gesagt hatte. Er hat recht, ich muss mich von mir selbst befreien. Im Grunde ist es sentimental, so zu schreiben wie ich jetzt. Wahrscheinlich schreiben nur gestörte Menschen solche Tagebücher, und ich bin sicher ziemlich gestört, also ist das mehr oder weniger entschuldbar. Jedenfalls für eine Weile. Aber ich kann gut verstehen, warum todkranke Menschen ihre Tagebücher verbrennen. Mir ist nämlich klar geworden, dass Tagebücher nicht zum Lesen bestimmt sind, höchstens für diejenigen, die sie geschrieben haben. Tagebücher sollen geschrieben werden, sie haben einen Wert vor allem im Moment des Schreibens selbst, es sei denn natürlich, man tut später im Leben etwas Bedeutendes, aber das kann ich mir für mich beim besten Willen nicht vorstellen.

Ich plane, über jemand anderen zu schreiben als mich selbst. Hatte eine Idee im Halbschlaf heute früh. Sie könnte Solfrid heißen, das liebste und netteste Mädchen von der Welt sein und in einem Dorf in Westnorwegen leben. Ihre Großeltern väterlicherseits waren Missionare im Kongo, ihr Vater ist Pfarrer, ihre Mutter Vorsitzende der örtlichen Landfrauenvereinigung, und dann wird es Solfrid ganz fürchterlich schlecht ergehen, sie wird geradewegs zur Hölle fahren.

3. März
Bangkok. Sitze jetzt seit über einem Tag auf dem Flugplatz und schreibe am ersten Kapitel über Solfrid. Durch die Fenster kann ich sehen, dass es warm ist und die Sonne scheint, aber Solfrid ist mir gerade wichtiger. Das hier ist kein Urlaub, ich bin nicht hier, um mich zu vergnügen. Ich hab im Flugzeug angefangen zu schreiben und war gerade mitten dabei, als der Kapitän durchsagte: »Cabin crew, take your seats for landing«, und dann waren wir da und das war enttäuschend, denn ich spürte, dass ich an nichts anderes denken konnte, bis das Kapitel fertig ist, also habe ich mich ins erstbeste Café gesetzt und weitergearbeitet. Jetzt habe ich das erste Kapitel acht, neun Mal überarbeitet. Das ist mehr oder weniger das erste Mal, seitdem Tom und Mama und Papa fort sind, dass ich Zeit und Ort vergesse, und das ist ein befreiendes Gefühl, gelinde gesagt. Über Solfrid zu schreiben ist etwas ganz anderes als das Tagebuch. Ich muss mir jedes Wort überlegen und gut nachdenken, bevor ich schreibe, und währenddessen auch. Ein wenig wie ein Kreuzworträtsel, nur lustiger und ohne Lösungsworte. Außerdem mag ich Solfrid. Ich habe sie schon richtig lieb gewonnen. Fast schade, dass es ihr so schlecht ergehen wird. Das erste Kapitel heißt »Satan ergreift von Solfrid Besitz«.

An einem Informationsschalter habe ich mich erkundigt, ob es sich lohnt, nach Bangkok reinzufahren, und die Dame sagte, o ja. Es gebe jede Menge Sehenswürdigkeiten. Sie fragte, wofür ich mich interessiere, und ich sagte: »Death«, und das verstand sie nicht, sondern lächelte nur unglaublich freundlich, denn das hier ist das Land des Lächelns, so habe ich in einem Reiseführer gelesen, den ich vorhin in einem Laden gekauft hab. Das ewige Lächeln wirkt ein bisschen einfältig, aber ich sitze wohl im Glashaus und sollte mich hüten.

Als ich fragte, ob Bangkok eine gefährliche Stadt ist, sagte sie nein, für eine Stadt dieser Größe sei es sehr sicher. Das war für mich ein Schlag ins Gesicht. Ich dachte, eine Großstadt wie diese ist gefährlich, alles kann passieren, und wenn man sich ins Dickicht der Gassen wagt, heißt das, die Gefahr für Leib und Leben nur so herauszufordern. Ich muss mal genauer untersuchen, welche Orte auf der Welt wirklich gefährlich sind.

4. März

Habe gerade in einer englischen Zeitung gelesen, dass die Mohammed-Krise noch nicht vorbei ist. Mehrere Zeichner haben Morddrohungen erhalten. Eine einfache Lösung für meine Probleme könnte also darin bestehen, dass ich mit einer selbst gebastelten Mohammed-Maske durch Damaskus oder Beirut wandere. Oder ich könnte von Tür zu Tür gehen und handgefertigte Porträts des Propheten verkaufen. Vielleicht haben die ja Hemmungen, hübsche blonde Mädchen wie mich umzubringen, aber ich wette, die Hemmungen verfliegen, wenn ich mich nur schlimm genug benehme. Der Haken an so einer Idee ist bloß, dass ich nicht leiden möchte, bevor ich sterbe, und außerdem mag ich nicht so direkt initiativ werden, das ist fast, wie eigenhändig Schluss zu machen, was ich schon versucht habe, womit ich gescheitert bin, wodurch ich diesbezüglich sämtliches Selbstvertrauen verloren habe. Darum wäre es ideal, wenn das Flugzeug, in dem ich sitze, genau jetzt abstürzen würde, aber hier bei Korean Air wirkt alles sehr sicher und ordentlich, das Flugzeug ist gepflegt und sauber, das Personal lächelt fast so viel wie die Flughafenangestellten in Bangkok. Als ich das Ticket kaufte, fragte ich, ob es bei Korean Air öfter Unfälle gebe, und erfuhr, dass es früher so war, aber heute sei die Gesellschaft eine der sichersten von Asien. Die Welt wird eben immer sicherer und daher schwieriger für Leute wie mich. Ob es übrigens mehr so welche wie mich gibt? Die herumfliegen und hoffen, dass das Flugzeug abstürzt? Und wenn, wie viele mögen es sein, und wie kann ich Kontakt zu ihnen aufnehmen?

Ich bin unterwegs nach Seoul. Dachte, wenn ich schon mal in dieser Gegend der Welt bin, könnte ich ja versuchen, Ahn Hyun-Soo zu treffen. Es hat ja wenig Witz, mir den Hintern breitzusitzen und auf ein tödliches Unglück zu warten. Genauso gut kann ich was unternehmen, hab ich heute früh gedacht, als ich aufwachte, nach einer zweiten Nacht auf einem unbequemen Flughafenstuhl. Dann kann Tante Bitten bei meiner Beerdigung sagen, dass ich nicht auf der faulen Haut gelegen habe, sondern bis zuletzt aktiv war. Wenn ich mich ein bisschen ranhalte, kann ich vielleicht sogar ein ganzes Buch über Solfrid schreiben, bevor es knallt. Hab gerade das zweite Kapitel angefangen.

5. März

Sitze auf dem Incheon-Flugplatz auf einer Insel vor Seoul. Ein fantastischer Flugplatz. Bekomme fast Lust, mich hier auf Dauer niederzulassen. Stahl und Glas. Alles glänzt. Wie eine Luftspiegelung. Mehrsprachige Plakate hängen herum, auf denen steht, dass der Flugplatz zum besten der Welt gewählt wurde. Das glaube ich sofort. Angestellte in Uniform gehen herum und polieren das glänzende Metall, sodass es noch mehr glänzt. Offenbar mögen Koreaner glänzende Dinge. Vielleicht sind sie ein bisschen wie Krähen veranlagt. Ich hab jedenfalls mit einem geredet, der etwas krähenartig wirkte. Hab versucht, einen Plan auszudenken, wie ich an Ahn Hyun-Soo rankomme. Wenn er so viel reist wie andere Spitzensportler, ist er sicher die ganze Zeit auf dem Flugplatz, aber ich bin zu ungeduldig, um nur rumzusitzen und auf ihn zu warten. Ich warte nicht gern, und ich mag Mädchen nicht, die immer nur warten, ich hasse z.B. Frauen in Filmen, die nicht selbst handeln, sondern immer nur andere handeln lassen und dann darunter leiden. Soll ich, Julie, warten, bis Ahn Hyun-Soo irgendwann auf dem Flugplatz vorbeikommt und vielleicht in meine Richtung schaut? No way. Das ist nicht mein Stil. Ich mache mich verflucht noch mal auf den Weg, suche ihn auf eigene Faust, und dann paare ich mich mit ihm.

6. März
Lotte Hotel Jamsil. Bin mit dem Taxi vom Flughafen direkt hierher gefahren und hab ein Zimmer weit oben bekommen, mit Aussicht auf die Innenstadt. Im Schrank war ein eigener Bademantel, in dem ich eben dem Swimmingpool und dem Fitnessbereich einen Besuch abgestattet habe, obwohl ich nicht beabsichtige zu schwimmen oder zu trainieren, ich wollte eigentlich nur ein bisschen im Bademantel herumlaufen, das fühlt sich gut an, vor allem Fahrstuhlfahren im Bademantel, warum auch immer. Ich stand im Fahrstuhl und hoffte, er würde abstürzen, so was passiert ganz sicher immer wieder mal, es steht aber kaum was darüber in der Zeitung. Ich wette, Haus- und Hotelbesitzer

wollen das vertuschen, die wollen keine Skandale. Was für eine Vorstellung, mit dem Fahrstuhl abzustürzen, und keiner erfährt was davon.

Ohne es nachzuprüfen, gehe ich davon aus, dass Ahn Hyun-Soos Telefonnummer geheim ist. Klar ist sie das. Es gibt sicher Tausende von Teenies wie mich, die an ihn rankommen wollen, und das Team um ihn herum will ihn schützen. Wahrscheinlich lebt er recht zurückgezogen und hat wenig Kontakt zu anderen außer Mannschaftskameraden und Familie, da täte es ihm nur gut, jemanden wie mich kennenzulernen. Darum sagte ich zu einem an der Rezeption des Hotels, ich würde ihm hundert Dollar geben, wenn er mir Ahns Handynummer beschafft. Die Idee gefiel ihm. Ob wegen des Geldes oder weil die Aufgabe selbst ihn reizte, weiß ich nicht. Möglicherweise eine Kombination aus beidem. Lieber löhne ich ein paar Dollars, als dass ich aufs Geratewohl durch Seoul laufe und einen Promi suche, den ich sowieso nicht finde. Außerdem ist Seoul wahrscheinlich noch sicherer als Bangkok, wahrscheinlich verwenden die Gangster größere Teile ihrer Arbeitszeit fürs Putzen und Aufräumen, so sauber, wie es hier ist. Wenn es überhaupt Gangster gibt.

Dachte, ich sollte mehr über Solfrid schreiben, während ich warte, dass der Rezeptionist seinen Auftrag erledigt. Ich spüre, dass es erregend und befreiend ist, schmutzige Wörter zu schreiben. Psychogeir könnte mir sicher erklären, warum das so ist, aber der ist zum Glück am anderen Ende der Welt. Als ich eben über Solfrid schrieb, war ich auf einmal unsicher, ob man das norwegische Wort für »Schwanz« hinten mit einem oder zwei »k« schreibt, »kuk« oder »kukk«, also habe ich im hoteleigenen Business-Center danach gegoogelt: 1 090 000 Einträge mit »kukk« und 4 370 000 Einträge mit »kuk«, also schreibt man es hinten mit einem »k«, und es gibt einen Eintrag pro Einwohner Norwegens, also ungefähr. Für jeden Menschen in Norwegen gibt es im Netz einen Schwanz.

7. März
Der Rezeptionist war da und hat mir Ahn Hyun-Soos Nummer gebracht. Ich fragte, wo er sie herhabe, er sagte nur, er habe seine Kontakte. Ich gab ihm das Geld, und er meinte, es sei ihm ein Vergnügen gewesen, mit mir Geschäfte zu machen, und wenn ich eine andere Information bräuchte, sollte ich mich gern wieder an ihn wenden.

Jetzt aber ist es Nacht und ich höre Anthony und sehe Millionen Lichter von Gebäuden und Autos unten im Zentrum. Vor mir liegt die Telefonnummer, und ich weiß nicht recht, was ich tun soll. Einfach anzurufen wäre vielleicht etwas heftig. Jedenfalls mitten in der Nacht. Ich glaube, das mögen solche Sportskanonen nicht. Wahrscheinlich ist er es nicht gewohnt, sich verstörten Menschen gegenüber verhalten zu müssen, die Eltern und Bruder bei Flugzeugabstürzen verloren haben. Ich wette, in seinem Leben ist alles sauber und rein. Die Familie ist für ihn da. Die Trainer. Die Fans immer schön auf Abstand. Sein Land huldigt ihm. Er geht todfrüh ins Bett. Wenn ich aufwache, hat er schon ein paar Stunden auf Schlittschuhen hinter sich. Ich muss das ein bisschen intelligenter angehen. Eine Möglichkeit wäre, ihn um ein Interview zu bitten, ihn aber zugleich spüren zu lassen, dass auch mehr möglich ist, falls er das wünscht, denn dann kann er das Gefühl haben, er macht einfach seine Arbeit, indem er mich trifft, und muss sich nicht davonstehlen. Ich fürchte, er wird nervös, wenn er denkt, ich bin aus Norwegen nach Korea geflogen, nur um mit ihm zu schlafen. Aber wenn ich ihn sowohl interviewen als auch mit ihm schlafen möchte, dann ist es vielleicht etwas wahrscheinlicher, dass er auftaucht. Keine Ahnung, wie koreanische Goldmedaillengewinner so ticken. Aber ich bin tausend Prozent sicher, dass er ein Fotohandy hat, das hat in diesem Land wahrscheinlich jede Nase, und es bedeutet, dass ich ein Bild von mir mitschicken kann, und da ich trotz allem ziemlich hübsch bin, taucht er früher oder später auf, jedenfalls wenn er normal gestrickt ist. Er hat doch sicher mehr als genug von diesen ganzen dunklen, flachbrüstigen, glatthaarigen Mädchen, die die ganze Zeit kichern. Wette ich.

So, es ist vollbracht. Ich hab vorm Badezimmerspiegel ein Bild von mir gemacht, schön lächelnd, und geschrieben: Dear Ahn Hyun-Soo, I have come to Seoul because I want to interview you and possibly even go to bed with you. If you want we can just do the interview-part or just the bed-part. You'll find me at the Lotte Hotel Jamsil, room 3132. You can come whenever you want to, day or night. My name is Julie, I am 18 years old, from Norway.

8. März

Der Internationale Frauentag. Scheint hier nicht weiter beachtet zu werden. Mama hat sich an dem Tag immer fein angezogen, was Papa irritierte, denn er meinte, sie hätte sich über nichts zu beklagen und sei ja wohl nicht unfrei, in keiner Weise. Mama sagte, es gehe darum, anderen Frauen zu zeigen, dass sie auf ihrer Seite ist, auch als Privilegierte. Papa hat das wohl nie ganz verstanden, oder vielleicht doch, aber für diese Denkweise wollte er sich nicht öffnen, sonst hätte er sich noch für vieles mehr öffnen müssen.

Letztes Jahr am 8. März ist Mama mit ein paar Freundinnen fein essen gegangen, während Papa und Tom und ich auf dem Sofa saßen und eine »Tom und Jerry«-DVD anschauten. Papa schaute oft »Tom und Jerry«, wenn er von der Arbeit müde war. Ich hab ihn nie gefragt, warum, aber es könnte vielleicht damit zu tun haben, dass »Tom und Jerry« so einfach ist. Die beiden hauen sich auf den Kopf und quälen einander, so gut es geht, mehr passiert nicht. Eigentlich machte Papa genau dasselbe bei seiner Arbeit, nur viel komplizierter, jede Menge Hin und Her und Schriftsätze und lange Prozesse und gewundene Formulierungen, wahrscheinlich hätte er dann und wann ganz gern selbst einmal einem Prozessgegner aufs Haupt geschlagen oder ihn mit dem Eierschneider in Scheibchen zerteilt und fertig. Manchmal denke ich, dass er seine Arbeit gar nicht wirklich mochte und sich insgeheim Vorwürfe machte, weil er Tom und mich in einen ungeliebten Beruf pressen wollte, nur weil der praktisch war, weil er Geld und Handlungsfreiheit verschaffte. Er redete oft von Handlungsfreiheit. Jetzt denke ich auf einmal, es ging ihm doch eher ums Geld. Papa wollte, dass wir wirtschaftlich gut dastehen. Wahrscheinlich wäre ihm ein anderer Beruf als Anwalt genauso recht gewesen, solange er Geld einbrachte. Immobilienmakler zum Beispiel oder Arzt. Oder Zahnarzt. Pfui Spinne. Zahnarzt, muss man sich mal vorstellen. Zähne sind das Dämlichste, was es gibt. Aus welchem Grund sollen Zähne lebendig sein? Sie sollten im Mund sitzen und still ihren Job machen, ohne dass sie ihrem Eigentümer irgendwelche Schmerzen bereiten. Oder ich wäre Pilot geworden. Das hätte Papa sicher gefallen. Ob

Pilot, ob Anwalt, es läuft aufs selbe hinaus. Status und Geld und das ganze Jahr über braungebrannt.

9. März
Ahn Hyun-Soo lässt auf sich warten. Ich gehe bald die Wand hoch. Lese in »Was jeder Däne wissen sollte« über Frequenzmodulation und Galvanisierung und finde absolut nicht, dass jeder Däne das wissen sollte. Überhaupt ist mir pisslangweilig.

Wie kann er es nur wagen, mich warten zu lassen? Nur weil er gut Schlittschuh laufen kann? Wenn er doch noch ankommt, hau ich ihm als Erstes ein paar runter, dann weiß er, was er hat.

Übrigens habe ich gerade festgestellt, dass ich gut über Solfrid schreiben kann, wenn ich wütend bin. Dann treibe ich es noch schlimmer mit ihr. Ich hab jetzt ein Kapitel geschrieben, das heißt »Satan zwingt Solfrid zum Schwanzlutschen«.

10. März
Krzysztof hat angerufen und gesagt, er ist bald mit dem zweiten Pool fertig und fragt sich, was er danach machen soll. Ich dachte nach, ob es im Haus sonst noch was für ihn zu tun gab, aber eigentlich nicht, immerhin hat Mama bald zwanzig Jahre lang alles hergerichtet und hübsch gemacht, also sagte ich, er könne gern seinen neuen BMW nehmen und nach Hause fahren und sein Leben aufbauen. Außerdem versprach ich, die Bank anzurufen und ihm Geld überweisen zu lassen, aber er sagte, er rufe nicht wegen des Geldes an, sondern weil er sich umgeschaut und heraus-

gefunden hat, dass im Untergeschoss noch einiges zu tun wäre. Zum Beispiel könnte er in der Einliegerwohnung eine neue Küche einbauen und das Bad renovieren und so weiter, aber ich finde, er soll das lieber lassen, früher oder später verkaufe ich das Haus sowieso, und in dieser Preisklasse spielt es weiter keine Rolle, wie neu die Küche in der Einliegerwohnung ist. Er fragte, ob ich plante, woanders zu wohnen, und ich sagte, das Thema Wohnen würde in meinen Plänen überhaupt nicht vorkommen. Er verstummte und fragte dann, wie es mir geht, wo ich denn bin und so weiter, er fragte, ob ich die ganze Zeit traurig bin, und sagte, wenn es einem so geht wie mir, dann sollte man besser nicht allein sein. Ich sollte heimkommen, in mein Haus und zu meinem Hund. Da gehöre ich hin, sagte er, auch wenn es gerade schwierig für mich ist. Klang ganz so, als hätte Psychogeir ihn gebrieft. Hat er vielleicht auch, aber jedenfalls hat Krzysztof mit Constance gesprochen, denn sie hat den Hund vorbeigebracht, sagte er, sie will ihn nicht mehr, sie hat anderweitig genug zu tun, jetzt ist Finch Hatton also bei Krzysztof, und ich kriege das nicht zusammen. Das sieht Constance überhaupt nicht ähnlich. Sie ist zu pflichtbewusst und straight und außerdem viel zu tierlieb, um einen süßen kleinen Welpen bei jemandem abzugeben, den sie überhaupt nicht kennt, außerdem misstrauen sie und ihre Familie Ausländern sowieso. Hier stimmt was nicht. Krzysztof geht jeden Tag mit dem Hund Gassi, sagt er und fragte, ob er Papas Skier und Skischuhe ausleihen dürfe, die er im Keller gesehen hat, und ich sagte, klar darf er. Ich fragte, was aus Finch Hatton wird, wenn er nach Polen zurückfährt, aber da wurde Krzysztof so kleinlaut, dass ich begriff, er hoffte eigentlich, ich würde sagen, dass er weiter im Haus wohnen kann, als eine Art Hausmeister und Aufpasser. Im Grunde genommen passt mir das gut. Krzysztof freute sich. Völlig abwegige Vorstellung, dass ich in Oslo ein dickes Haus besitze, mit Krzysztof und einem Hund drin, während ich selbst in Korea in einem Hotelzimmer sitze und auf Ahn Hyun-Soo warte oder auf ein Erdbeben oder eine andere Naturkatastrophe, der ich zum Opfer fallen könnte. Scheiß auf Ahn Hyun-Soo übrigens. Vergiss ihn. Ich pfeif doch auf arrogante Spitzensportler, die nur ihr Training und neue Rekorde im Kopf haben.

Bald suche ich mir ein richtig schrottiges altes Flugzeug und reise weiter.

12. März

Er kam spät gestern Abend. Ich hatte ihn längst abgeschrieben und dachte, es wäre der Room Service, der mir gewaschene Wäsche brachte, aber da stand er in der Tür und sah genauso aus wie im Fernsehen, abgesehen davon, dass er jetzt keine Sportkleidung trug. Ich verpasste ihm eine Ohrfeige und rechnete damit, dass er sofort wieder gehen würde, aber nein. Er stand im Flur und schaute mich verblüfft an, und als ein Hotelangestellter kam, war es ihm peinlich und er wollte unerkannt bleiben, also zog ich ihn ins Zimmer, und dann schliefen wir sofort miteinander, das gefiel mir, ohne weitere Worte, ohne uns einander vorzustellen, einfach so ohne Umstände. Hinterher dachte ich, die Ohrfeige war genau das Richtige, die hat ihm sofort gezeigt, dass ich kein Mädchen bin, das man tagelang warten lässt.

Hinterher gingen wir in die Hotelbar runter. Wir setzten uns abseits in eine Ecke und tranken ein paar winzig kleine Drinks. Sein Englisch war schlecht, aber wir verständigten uns mit Händen und Füßen und ein paar Zeichnungen. Ich erzählte von meinen Problemen, er von seinen. Es machte ihm Eindruck, dass ich meine Familie verloren habe. Er wusste nicht, was er sagen sollte. Er ist nicht so leichtfertig, wie ich dachte. Offenbar herrscht innerhalb der Läufermannschaft ziemlich harte Konkurrenz, ich hab es nicht so richtig verstanden, aber ich konnte sehen, dass es ihm nicht nur gut geht. Er erkundigte sich nach dem Interview, das ich in der SMS erwähnt hatte, und ich versuchte, es ihm zu erklären, aber er begriff nicht, was ein »suicide paper« sein sollte (»a bi-monthly magazine for people who are thinking of killing themselves«), und ich gab es auf, schließlich ist es eher unwahrscheinlich, dass ein Typ, der gerade mit dreimal Gold und einmal Bronze aus Turin nach Hause gekommen ist, den Lesern des *Selbstmörders* sonderlich viel zu sagen hat.

Er blieb über Nacht, und bevor er heute früh zum Training ging, hat er gefragt, ob ich »his girl« sein will. Er ist unglaublich süß. Er trainiert zehn Stunden täglich. Ich sagte, ich kann gern »his girl« sein.

13. März
War heute mit Hyun-Soo beim Training. Erst Joggen und Krafttraining, dann aufs Eis, dann Mittagessen, dann Videoanalyse des 500-Meter-Rennens in Turin. Hyun-Soo und der Trainer sind beide enttäuscht, dass er das nicht auch noch gewonnen hat, er hatte von viermal Gold geträumt, aber ein Kanadier hat das Rennen gemacht. Sie begreifen nicht, wie das passieren konnte. Ich verstehe ja nicht, was sie sagen, aber kann ihnen ansehen, dass sie das provoziert und irritiert. Hyun-Soo sagte wokking Canada

zu mir und ich nickte, weil ich dachte, er wollte aus einem Takeaway namens »Wok King Canada« etwas zu essen holen, das passte mir gut, denn ich hatte Hunger, aber es ging gar nicht ums Essen, wie ich dann begriff, sondern er wollte sagen fucking Canada. Ich brachte ihm die richtige Aussprache bei. Fucking, sagte ich, oder einfach nur fuck, Geschmackssache, sagte ich, das eine ist nicht tougher als das andere, aber beide sind tougher als wokking Canada, das ist mal sicher.

15. März

War mit zu einem Bankett des koreanischen Eislaufverbands. Sie feierten sich selbst und den Erfolg bei den Winterspielen. Ich lernte Hyun-Soos Mannschaftskameraden kennen und die Trainer und den Präsidenten und so weiter. Mir wurde viel Aufmerksamkeit zuteil. Sie finden mich offenkundig exotisch, weil ich so hellhäutig bin, und ich merke, dass Hyun-Soo sich mit mir schmückt, ich verschaffe ihm einen höheren Status und er mir ja auch irgendwie, aber Status ist nicht unbedingt das, worauf ich derzeit aus bin, es fühlt sich einfach hohl an, und mir geht auf, dass das hier recht bedacht eine zum Scheitern verurteilte Beziehung ist. Was soll ich mit Ahn Hyun-Soo? Und er mit mir? Wir können kaum miteinander reden. Er kann unmöglich begreifen, wer ich eigentlich bin und dass ich gar nicht mehr lange leben mag. Ihm fehlt jede Voraussetzung zum Verständnis, was ich mit dem Leben anfange. Das weiß ich ja selbst kaum. Aber ich weiß, dass ich nicht auf ihn warten mag, während er jeden Tag zehn Stunden lang trainiert oder in der Welt rumreist. Schon als ich ihn im Krankenhaus zum ersten Mal im Fernsehen gesehen hab, hat es mich im Bauch gekribbelt, ich wollte ihn haben, ich wollte mich mit ihm paaren, und das habe ich jetzt getan, sogar mehrfach, mithin ist das Ziel sozusagen erreicht und das Kribbeln hat sich gelegt, und so süß er auch sein mag, ich bin zurzeit vollkommen jenseits von allem, das wie eine Beziehung aussieht. Alles in allem betrachtet könnte man also meinen, dass ich ihn ausgenutzt habe, nicht wissentlich und willentlich, ich hab's ja nicht geplant, aber im Ergebnis habe ich den besten Kurzbahnläufer der Welt vier Tage lang sexuell ausgenutzt.

Das macht sich doch super im Lebenslauf.

16. März

Ich reise weiter. Bevor ich zum Flughafen fuhr, ging ich zu Hyun-Soo und sagte, ich müsste weiter und eigentlich sei nicht er das Problem, sondern ich, und so weiter, was man eben so sagt, und er verstand auch nicht viel davon, rein sprachlich, trotzdem begriff er, dass ich fortreise und es für mich darum schwierig werden dürfte, auf fester Basis his girl zu sein, und dass somit auch der Körperkontakt zwischen uns eingeschränkt wäre. Wir könnten ja telefonieren und uns SMS schicken, sagte ich, da zuckte er mit den Schultern, denn das reizte ihn nicht besonders, was ich gut verstehen kann, ich hätte mich auch lieber in Fleisch und Blut gewollt als in Form einer Nachricht auf dem Handy, in einer Sprache, die ich kaum verstehe. Trotzdem, er hat es genommen wie ein Mann. Er kann sicher alle Mädchen haben, die er will, aber er versuchte, glaube ich, zu sagen, das ist nicht dasselbe und ich sei special, oder spch, wie er sagt. Er dankte mir dafür, dass ich die weite Reise gemacht hatte, und wünschte mir viel Glück mit allem. Ich sagte auch, viel

Glück mit den Rekorden und dem Ganzen. Überhol sie weiter in der letzten Kurve, sagte ich, zieh einfach an ihnen vorbei, das ist klasse, das ist geil. Wenn ich das bei einem anderen großen Wettkampf wieder mal sehe und immer noch dasselbe fühle, komme ich dich vielleicht wieder mal besuchen. Er lag fast auf den Knien, als ich ging. Der wird trainieren wie verrückt.

17. März
Schaue auf den Atlantik hinab. War inzwischen in Frankfurt und Heathrow. Nur zum Umsteigen. Jetzt bin ich auf dem Weg nach New York. Zwischen Frankfurt und Heathrow unterhielt ich mich mit Bengt, einem Schweden in den Dreißigern, der unter schwerer Flugangst leidet. Er klammerte sich fast den ganzen Flug über so an die Armlehnen, dass seine Knöchel weiß hervortraten, und rührte sein Essen nicht an. Ich versuchte ihm gut zuzureden, aber das half nichts. Er sagte, ihm sei vollkommen klar, wie sicher das Fliegen sei und dass man laut Statistik 29 Generationen lang jeden einzelnen Tag fliegen müsse, bis ein tödlicher Unfall wahrscheinlich werde, aber das helfe ihm nicht, sagte er, denn Flugzeuge sind ja von Anfang an abgestürzt, und denen, die dabei umgekommen sind, hilft es überhaupt nichts, dass das statistisch betrachtet unwahrscheinlich war.

Statistik hilft Unfallopfern tatsächlich nicht und auch denen nicht, die hoffen, Unfallopfer zu werden, aber manchmal kann sie denjenigen helfen, die hoffen, keinen Unfall zu erleben.

Bengt sagte, er leide wie ein Hund unter seiner Arbeit, die ihn so viel zum Reisen zwingt, denn das Problem wird nicht mit jedem Flug geringer, wie man glauben könnte, sondern immer schlimmer. Der Ärmste.

Als er »Hund« sagte, fiel mir mein Finch Hatton ein. Ich hätte nie gedacht, dass ich ihn vermissen könnte, aber jetzt vermisse ich ihn. Vielleicht hat Constance ja doch damit recht, dass Kontakt zu Tieren eine gute Sache ist und einem hilft, weniger traurig zu sein. Ich hatte es nur so satt, sie das sagen zu hören, und vor allem wollte ich ihr nicht recht geben. Ich hasse es, Constance recht zu geben. Ich bin kein sehr großzügiger Mensch. Wenn ich ein normal langes Leben vor mir hätte, müsste ich großzügiger werden. Und dann wäre es sicher ein guter Anfang, mit Tieren zu leben. Ich könnte Finch Hatton kennenlernen und wir könnten etwas miteinander unternehmen. Mein Hund und ich. Aber das ist wahrscheinlich schon wieder egoistisch gedacht. Tierschützer würden Flugplätze und Flugzeuge sicher nicht als hundetaugliche Orte bezeichnen, ein Hund braucht ja Luft und Auslauf oder wenigstens einen Ort, wo er sich entleeren kann. Außerdem wünsche ich Finch Hatton nicht, dass er mit mir abstürzt, wenn es dann irgendwann mal so weit ist. Alles in allem geht es ihm bei Krzysztof sicher besser, der vielleicht gerade jetzt auf Papas Skiern um den Holmenkollen herum unterwegs ist. Obwohl, ehrlich gesagt weiß ich nicht, wie spät es zu Hause ist, ich weiß nicht mal, wie spät es hier ist.

Ich dachte an das, was Bengt gesagt hat, und habe eine Berechnung angestellt. Wenn man für eine Generation 30 Jahre ansetzt, so ergeben 29 Generationen 870 Jahre, was bedeutet, dass ich und meine Nachkommen ohne jeden tödlichen Zwischenfall unglaublich lange fliegen können. Dass drei Familienmitglieder bereits abgestürzt sind, bedeutet wahrscheinlich außerdem, dass ich ohne Gefahr ein paar tausend Jahre fliegen könnte. Das ist zu lang. So viel Zeit habe ich nicht. So ganz sinnlos um die Welt zu fliegen ist eine unschöne Vorstellung.

Eben sagt der Pilot durch, dass rechter Hand die Labradorhalbinsel zu sehen ist. Ein majestätischer Anblick. Keine Spur von Menschen. Nichts als Eis und Berge und Wasser. Von hier oben genieße ich den fantastischen Anblick und spüre, dass etwas in mir sich danach sehnt, dort unten zu sein und mich durch diese Landschaft zu bewegen. Aber wenn ich unten bin, finde ich es grässlich und will sofort wieder in die Luft.

18. März
Sitze seit gestern auf dem Flugplatz Newark. Zweimal kurz davor gewesen, den Transitbereich zu verlassen und den Bus nach New York rein zu nehmen, aber beide Male in der Tür wieder kehrtgemacht. Ich weiß, dass wir in New York waren, als ich ein oder zwei Jahre alt war, aber daran erinnere ich mich natürlich nicht. Mama und Papa waren noch öfter dort, in Verbindung mit Papas Arbeit. Sie gingen in die Oper und kauften Kleidung und Möbel, die dann mit dem Schiff nach Oslo geliefert wurden, und sie hatten Mitbringsel für Tom und mich dabei und erzählten, was für eine heftige Stadt das ist und dass wir mal wieder alle zusammen dahin fliegen würden, und das hätte ich gern getan, und als ich gestern in Heathrow das Ticket kaufte, da spürte ich sogar eine ganz merkwürdige Vorfreude. Ich dachte wirklich, ich wollte dahin fliegen, aber jetzt spüre ich, dass das zu schwierig wird. Es gibt da sicher viele Hoch-

häuser, von denen ich runterspringen könnte, aber das ist Selbstbetrug, ich schaffe es nicht zu springen. Ich bin voll Scham, weil ich es beim ersten Mal nicht hingekriegt habe. Nicht mal das. SO was Einfaches. Mir fehlte die realistische Einstellung dazu. Ich hatte die Materialfrage auf die leichte Schulter genommen. Woraus war das Seil? Welche Eigenschaften hatte es? Es gibt viele verschiedene Seilarten, und ich nahm die erstbeste, wie ein kindischer Amateur. Und manchmal denke ich, vielleicht hat es ja eine Bedeutung, dass ich es nicht geschafft habe, vielleicht heißt es, ich soll jetzt nicht sterben, sondern weiterleben und versuchen, das Beste daraus zu machen, aber das ist ein idiotischer Gedanke. Als ob irgendwas eine Bedeutung hätte. Als ob irgendwer alles lenkt, was ich tue und denke und welche Flugzeuge abstürzen und welche nicht. Ich wünsche mir zwar, dass es eine solche übergeordnete Macht gibt, aber ich kann keinerlei Anzeichen dafür erkennen. Im Gegenteil. Und daraus muss ich die Konsequenz ziehen. Ich will nicht noch einmal scheitern. Darum wage ich nicht, es zu versuchen. Trotzdem würde ich gern sterben. Das sage ich nicht, um einen auf hart zu machen oder interessant zu sein. Ich muss mich Gefahren aussetzen. Offenbar muss ich professioneller zu Werke gehen. Ich habe vor nichts mehr Angst. Schon seitdem Tom und Mama und Papa abgestürzt sind. Angst habe ich nur davor, dass ich weiterleben muss und es mir dabei so geht wie jetzt.

In der New York Times habe ich gelesen, dass das Vogelgrippevirus (H5N1 höchstselbst) nach Rumänien vorgedrungen und möglicherweise so mutiert ist, dass es auf Menschen überspringen kann. Erst fand ich das bedauerlich, dann ging mir auf, dass das eine Chance sein konnte. Wenn ich jetzt dahin fliege, einen kranken Vogel suche und mich mit ihm anfreunde? Europaweit die Erste zu sein, die an der Vogelgrippe stirbt, das wär doch was. Das hieße mit wehenden Fahnen untergehen. Warum nicht so? Eine bessere Idee habe ich jedenfalls nicht.

Während ich ein Ticket für den Rückflug nach Europa kaufte, bekam ich einen Anruf von Krzysztof. Er erzählte, dass Constance und Psychogeir letzte Woche zweimal vorbeigeschaut haben, angeblich, um nach Finch Hatton zu schauen und sich nach mir zu erkundigen, aber dann verkrümelten sie sich in Papas Arbeitszimmer, wo sie lange blieben. Letztes Mal bis ziemlich spätabends, hat Krzysztof erzählt, und als sie gegangen waren, stellte er fest, dass sie den Kamin angemacht und Wein getrunken hatten, und der dicke Teppich vorm Kamin war ganz verstrubbelt. Da musste ich wahnsinnig lachen. Die beiden benutzen mein Haus als Fickversteck. Ich hab ja schon gedacht, die passen gut zueinander, aber für so was hätte ich sie für zu brav gehalten. Der angefettete, blasse Psychogeir mit seinem Psychobart, mindestens fünfundzwanzig Jahre älter als Constance! Frau und Kinder hat er auch. Unglaublich. Aber er ist furchtbar tierlieb, und dafür hat sie eine Schwäche. Er muss sie überredet haben. Schockierend. Oder auch nicht. Es hat auch was Schönes. Die Liebe geht ihre eigenen Wege. Sie schaut nicht aufs Alter oder so. Und für mich ist das total befreiend. Denn es bedeutet, dass Psychogeir mir nicht mehr gefährlich werden kann. Ich habe ihn total in der Hand. Sie hatten Krzysztof 500 Kronen hingelegt, hat er mir erzählt, und einen Zettel mit der Bitte, mir nichts zu erzählen. Ich sagte ihm, er solle nächstes Mal eine Videokamera im Bücherregal verstecken. Es liegt eine in der Kommode im Hausflur. Er soll den Akku aufladen und das rote

Aufnahmelämpchen ausschalten. Psychogeir befindet sich auf vermintem Gelände. Er schläft mit einem achtzehnjährigen Pferdemädchen, und das im Haus seiner suizidalen Patientin. Das gefundene Fressen für die Boulevardpresse, falls jemand petzen würde. Ich liebe es!

19. März
Übrigens sitzt morgens um sechs ein Typ im Flughafen von Straßburg und spielt Klavier. Dachte, ich sollte das mal erwähnen. Es hat mich nämlich darauf gebracht, dass ich wahrscheinlich viel zu viel an mich selbst denke und zu wenig an die anderen Menschen auf der Welt. Das passiert schnell, wenn man so runter ist wie ich. Es hat irgendwie keinen Sinn, Pläne zu machen. Ich glaube, man wird sehr egoistisch, wenn man zu sterben plant. Das hat mit der Perspektive zu tun. Zu sterben, das ist so total und dramatisch, dass man irgendwie keinen Platz mehr hat für alles andere, das weniger total und dramatisch ist. Früher hatte ich ein Auge für andere Menschen und kümmerte mich um sie und hatte oft sogar das Gefühl, ich könnte beurteilen, wie es bestimmten Leuten wirklich geht. Constance beispielsweise. Ich durchschaute sie vollkommen, viel besser als sie selbst. Unter anderem darum bin ich gar nicht weiter überrascht, dass Psychogeir sie so fasziniert. Jetzt aber habe ich schon lange nicht mehr an andere gedacht. Immerhin ist mir der Klavierspieler aufgefallen. Vielleicht macht er das jeden Morgen. Vielleicht steht er immer mitten in der Nacht auf und fährt zum Flugplatz raus, um in der Frühstücksbar Klavier zu spielen. So sieht sein Leben aus. Meines sieht anders aus. Er spielt Klavier, ich befinde mich auf dem Weg zu einem Dorf in Rumänien, auf der Suche nach

einem kranken Vogel. So verschieden sind wir. Unsere Wege haben sich für ein halbes Stündchen gekreuzt, während dem ich einen frisch gepressten Saft getrunken und eine Zigarette spendiert bekommen habe, von irgend so einem Typen. Als er fragte, wohin ich unterwegs sei, sagte ich, ich sei Balletttänzerin und fliege nach Moskau, weil ich mit dem russischen Staatsballett Schwanensee tanzen soll. Er fand, wie eine Tänzerin sehe ich aber nicht aus. Ich sagte, die Zeiten ändern sich, wahrscheinlich sei er nicht mehr so ganz up to date. Er fragte, ob Tänzerinnen sonst auch rauchen, und ich sagte, viel öfter, als die Leute denken. Wir leben unter großer Anspannung. Dies ist ein Beruf mit hohem Leistungsdruck.

Früher pflegte ich nicht zu lügen. Jedenfalls nicht mit so viel Spaß.

21. März

Hab jetzt zwei Tage mit grippeähnlichen Symptomen in einem Hotelzimmer in Bukarest gelegen. Die Vogelgrippe ist es zwar nicht, aber es ist sicher günstig, meinem H5N1-Vogel mit angeschlagenem Immunsystem zu begegnen. Ich wohne recht weit oben und sehe, dass diese Stadt restlos grau ist. Die graueste Stadt, die ich je gesehen habe. Hellgrau, dunkelgrau, mittelgrau, ansonsten so gut wie keine Farben. Die Stadt sieht aus wie eine Bleistiftzeichnung. Das tatenlose Rumliegen zieht mich runter. Ein Vorteil bei dem vielen, schnellen Herumreisen der letzten Zeit ist, dass ich dabei mich selbst verliere, das kommt mir sehr gelegen. Ich will mich selbst nicht haben. Das Reisen bewirkt, dass mein eigentliches Ich, der Teil von mir, der wohl am deprimiertesten und suizidalsten ist, einfach nicht mitkommt. Durch die raschen Veränderungen spiele ich mir erfolgreich vor, dass interessante Dinge geschehen, dass ich an neue Orte komme und was nicht alles, und wenn ich Sachen erlebe, ist mir so, als wäre das nicht ich, sondern eine andere, denn ich bin nicht ich selbst. Das ist eine große Erleichterung, denn ich spüre dann nicht mehr, wie schlecht es mir eigentlich geht, es zwingt mich, ein hohes Tempo beizubehalten, denn wenn ich innehalte, so wie jetzt seit zwei Tagen, holt mich alles sofort wieder ein. Ich muss schnellstmöglich weiterkommen, aber momentan schaffe ich es kaum bis zum Klo. Unvorstellbar, den Zug zu nehmen und zu den kranken Vögeln aufs Land zu fahren.

26. März
So langsam komme ich wieder zu mir, aber die letzten Tage waren wirklich furchtbar. Krank an Leib und Seele. Das Zimmermädchen hat sich ein bisschen um mich gekümmert, unter anderem ist sie losgezogen und hat mir eine Marie-Claire gekauft, aber es zieht mich nur noch mehr runter, wenn ich über Körper und Kleider und Gesundheit lese und über all das andere, von dem die Blattmacher so denken, Frauen würden sich dafür interessieren. Es ist, als wäre das Hauptziel im Leben, so wenig wie möglich zu wiegen, aber wenn man diese Logik weiterdenkt, dann würde man am besten gar nichts wiegen, und das ist mit dem Leben nicht vereinbar. So gesehen, könnte man wiederum sagen, Marie-Claire und ich verfolgen im Grunde dasselbe Ziel. Weg mit allem, das etwas wiegt. Weg mit dem Körper, weg mit dem Leben selbst. Die Probleme, über die die da schreiben, sind so unbedeutend – mir ist eines klar geworden: Das größte Problem besteht darin, dass weder

die Redaktionen noch die Leserinnen erkennen, wie winzig diese Probleme sind. Es müsste eine Zeitschrift für Menschen geben, die ihre Familie bei einem Unglück verloren haben. »Dead Family« oder so. Oder »Accidental Death«. Oder vielleicht »Sudden Death Magazine«. Eine Zeitschrift darüber, woher man Gründe zum Weiterleben holen soll, was man essen soll, wenn man eigentlich überhaupt keinen Appetit hat, wie man sich selbst dazu bringen soll, an Gott zu glauben und daran, dass alles, was passiert, egal was, ein Teil seines hinterlistigen Plans ist, den der Mensch nie verstehen kann und darum auch nicht hinterfragen sollte. Und darüber, wie man sich das Leben auf eine Weise nehmen kann, dass man eben nicht ein paar Tage später im Krankenhaus aufwacht und sich gelähmt und gedemütigt fühlt, weil man es nicht geschafft hat.

Wenn ich zwischendurch schwitzend aus meinem Fieberwahn aufwache, notiere ich Ideen zu meiner Solfrid-Geschichte. Das hebt die Laune tatsächlich. Je schlechter es mir geht, desto schlimmer treibe ich es mit Solfrid. Eine Fantasiefreundin, die ich alles, was in meinem Leben schiefläuft, ausbaden lassen kann. Wie tröstlich zu wissen, dass es zumindest eine gibt, der es schlechter geht als mir. Ich erfinde für Solfrid derart abgefahrene Sachen, dass ich beim Schreiben erröte. Lass das bloß Mama und Papa nicht lesen, hab ich sogar einmal gedacht. Nein, keine Gefahr. Das ist ja der Punkt. Wenn man keine Angehörigen hat, braucht man auch keine Rücksichten mehr zu nehmen. Man kann schreiben, was man will. Manchmal genieße ich es richtig. Wenn ich Solfrid besonders schlimm mitspiele, hat sie sich das selbst zuzuschreiben. Sie hätte sich Satan halt verweigern müssen. Jetzt muss sie die Folgen tragen, fertig.

Hab mir jetzt einen Zug in eine Kleinstadt namens Codlea rausgesucht, die mehrmals in den Zeitungsberichten über den Ausbruch der Vogelgrippe erwähnt wurde. Wenn ich mich da ein bisschen umschaue, muss ich doch zwangsläufig früher oder später auf kranke Vögel stoßen.

Codlea. Sitze auf einem Platz, trinke Kaffee und habe Constance eine Postkarte geschrieben, in der ich ihr viel Glück mit Psychogeir wünsche und ihr mitteile, dass, falls alles nach Wunsch läuft, das hier das Ende ist und sie in ein paar Tagen was in der Zeitung über mich lesen kann. Ich habe ein paar Flaschen Wasser, einige Dosen Maiskörner und mehrere Tafeln Schokolade gekauft und ziehe gleich in Richtung Bauernhöfe los. Die ersten liegen direkt außerhalb der Stadt.

27. März
Gestern Abend habe ich spät noch einen abgesperrten Hof gefunden. An allen Autos, die von ihm wegfahren, werden die Räder in einem speziellen Bad desinfiziert. In einem fort kommen und gehen Leute mit weißen Schutzanzügen.

Nach Einbruch der Dunkelheit stehle ich mich in den riesigen Hühnerstall.

Mit anderen Worten: Das hier ist vielleicht der letzte Eintrag.

29. März
Hab jetzt fast zwei Tage lang hinter einem alten Traktor in einer Ecke des Hühnerstalls gelegen. Niemand hat mich entdeckt, nur die Hühner. Ständig holen weiß gekleidete

Männer Hühner aus dem Stall, um sie zu testen oder so, und wenn sie wieder weg sind, locke ich die Hühner mit Mais an, schmuse mit ihnen herum und lasse mich von ihnen anhusten. Trotzdem fühle ich mich immer noch nicht krank. Ich weiß zu wenig über die Ansteckungswege der Vogelgrippe. Keine Ahnung, ob das durch die Luft geht oder durch direkten Kontakt oder sonst wie. Überhaupt ist mir beim Warten klar geworden, dass ich sehr wenig weiß, und das nervt mich. Nicht mal von den grundlegendsten Mechanismen bei Menschen und Tieren habe ich eine Ahnung, und damit kann ich eigentlich nicht leben – das kommt zu allem anderen, mit dem ich nicht leben kann, noch hinzu. Es gibt immer mehr, womit ich nicht leben kann. Auch den Traktor habe ich ausgiebig betrachtet und festgestellt, dass ich keinen blassen Schimmer habe, wie so eine einfache Maschine funktioniert oder welche Gedanken oder Experimente nötig waren, um schließlich so ein fantastisches Hilfsmittel zu bauen. Ich weiß nicht mal, wie ein Motor funktioniert. Das ist doch peinlich. Das Problem dabei, wenn man sich so unter Hühnern versteckt hält, besteht darin, dass man zu viel denkt. Heute Nacht, drei, vier Hühner dicht an meinem Kopf, beschloss ich mehr oder weniger, dass ich, sollte ich entgegen aller Wahrscheinlichkeit in einem Jahr noch leben, all das, was ich nicht weiß, lernen werde, vielleicht studiere ich dann Medizin, aber Herrgott noch mal, das sieht aus wie ein Plan, das ist der erste Keim zu einem Plan seit dem Absturz, ich liege in Rumänien in der Hühnerstreu und mache Pläne. Himmel hilf.

30. März
Die letzten paar Tage habe ich in London verbracht. Musste mal ein bisschen ausspannen, spürte ich, und da auch die Flugzeuge zwischen Bucuresti und hier nicht abgestürzt sind, dachte ich, dann kann ich auch mal in die Stadt reinfahren und versuchen, ein bisschen auf den Boden zu kommen und eine Bilanz zu ziehen, wo ich überhaupt stehe. Meine Wahl fiel auf London, weil ich an einem Ort sein möchte, wo ich die Sprache verstehe, ohne nach Hause zu müssen. Nach Hause will ich nicht.

Gestern hab ich den ganzen Tag über in einer riesigen Bibliothek gesessen und in Büchern über Flugzeugunglücke und verwandte Themen gelesen. Unter anderem habe ich erfahren, dass es sogar Leute gibt, die Flugzeugabstürze überleben. Ein gewisser Nick Alkemade überstand einen Absturz aus fünftausend Meter Höhe, als er im Zweiten Weltkrieg ohne Fallschirm aus einem über Deutschland abgeschossenen Flugzeug sprang. Ein Kiefernwald dämpfte den schlimmsten Aufprall, der hohe Schnee am Boden leistete den Rest. Als die Deutschen ihn fanden, saß er doch tatsächlich da und rauchte gemütlich eine. Im selben Krieg überlebte Alan Magee einen Sturz aus siebentausend Metern Höhe, nachdem ein deutscher Jagdflieger einen Flügel des Bombers, in dem er als Schütze mitflog, abgeschossen hatte. Auch er sprang ohne Fallschirm aus dem brennenden Flugzeug und landete auf dem Glasdach des Bahnhofs in der französischen Stadt St. Nazaire, wodurch sein Sturz immerhin so abgemildert wurde, dass er ihn, wenn auch schwerst verletzt, überlebte. Danach genas er vollständig, ließ sich zum Piloten ausbilden und starb vor nur wenigen Jahren an Altersschwäche. Die beste Geschichte aber ist die von Vesna Vulović, einer Stewardess, deren Flugzeug in gut zehntausend Metern Höhe über der Tschechoslowakei explodierte, angeblich wegen einer Bombe, die ein Terrorist an Bord gebracht hatte. Eigentlich hätte Vesna gar nicht in dem Flieger sein sollen. Ihre Fluggesellschaft hatte sie mit einer Kollegin gleichen Vornamens verwechselt. Bei der Explosion saß sie ganz hinten angeschnallt auf ihrem Sitz; der rückwärtige Teil des Flugzeugs brach ab und stürzte etliche Minuten lang, um auf einem schneebedeckten Berghang zu landen. Sie lag längere Zeit im Koma, die Ärzte rechneten nicht damit, dass sie es überstehen würde, aber nach gut zwei Wochen wachte sie auf und verlangte eine Zigarette. Trotz des dramatischen Erlebnisses hat Vesna keine psychischen Schäden davongetragen, nicht mal Flugangst. In einem Interview sagte sie: Everybody thinks I am lucky, but they are mistaken. If I were lucky I would never have had this accident. Und sie sagte: I believe we are masters of our lives – we hold all the cards and it is up to us to use them right. Sie hat gut reden. Sie hat ja niemanden verloren. Im Gegenteil, sie hat ihr Leben geschenkt bekommen. Dass das eine Reihe neuer Probleme schafft, kann ich mir gut vorstellen, aber was hilft das mir?

Und ich fand eine Reihe Tipps, wie man Stürze aus großer Höhe überleben kann. Aufs Überleben sind die Leute unglaublich fixiert. Tipp Nr. 1: Den Luftwiderstand erhöhen und so die Fallgeschwindigkeit mindern, also die typische Fallschirmspringerhaltung einnehmen, den Bauch nach unten gedreht, in Bogenform gekrümmt, die Ellbogen neunzig Grad angewinkelt, sodass die Hände nach vorn zeigen, die Beine gespreizt, sodass die Füße schulterbreit auseinander sind, die Knie leicht gebeugt. Tipp Nr. 2: Den besten Landeplatz suchen. Das Gelände unter sich beobachten und harten, unflexiblen Materialien wie Beton oder Asphalt tunlichst ausweichen. Auch unebenes, kantiges Gelände ist ungeeignet, da sich dort die Aufprallenergie auf kleine Flächen konzentriert, was die Überlebenswahrscheinlichkeit beträchtlich schmälert. Am besten, man landet in Schnee oder tiefem Wasser, und zwar tunlichst in sehr bewegtem Wasser, in dem es tiefe Kuhlen gibt wie bei einem Wasserfall; günstig sind auch weiche, frisch gepflügte Erde, Moor oder dichte Vegetation. Falls man über städtischem Gebiet abstürzt, sind Glas- und Blechdächer oder auch Autodächer vorzuziehen. Tipp Nr. 3 beschreibt die Manövriermöglichkeiten. Bei einem Sturz aus normaler Flughöhe kann man sich bis zu drei Kilometer horizontal bewegen. Zieht man in der zuvor beschriebenen Position die Arme ein wenig nach hinten und streckt zugleich die Beine aus, so fliegt man vorwärts, und rückwärts, indem man die Arme ausstreckt und die Knie stärker anzieht. Für Kurven beugt man die Schulter auf der Seite, nach der man zu fliegen beabsichtigt. Tipp Nr. 4 empfiehlt schlicht und einfach, stets die Knie zu beugen. Nichts ist einfacher und zugleich wichtiger als das. Forschungen haben ergeben, dass gebeugte Knie die Aufprallenergie um den Faktor 36 abmindern. Tipp Nr. 5: Entspannen. Das mag zwar schwierig sein, wenn man auf den Boden zurast, aber man muss sich dazu zwingen. Es ist erwiesen, dass man den Aufprall mit entspanntem Körper häufiger und weniger schwer verletzt überlebt als mit panikstarrem Leib. Ebenfalls wurde festgestellt, dass Betrunkene häufiger überleben, wahrscheinlich eben, weil sie schlaffer und daher entspannter sind. Zudem kann die Konzentration aufs Entspannen einen von dem unerfreulichen Gedanken an den Tod ablenken, sagen die Verfasser der Tipps. Tipp

Nr. 6: Mit den Beinen zuerst landen, dabei darauf achten, dass beide Beine zugleich auftreffen. So wird der Fall besser absorbiert. Tipp Nr. 7: Auf den Zehenspitzen landen. Das absorbiert noch besser. Tipp Nr. 8: Den Kopf schützen. In der Regel federt man wieder hoch, wenn man aus großer Höhe fällt, und wenn der Kopf nicht beim ersten Mal auf dem Boden aufprallt, kann es beim zweiten Mal passieren. Daher sollte man ihn mit den Armen beschirmen, indem man zum Beispiel die Hände im Nacken faltet, sodass die Arme den Kopf beidseitig bedecken und die Ellbogen nach vorn zeigen, und wenn man unterwegs ahnt, wie man beim zweiten Aufprall landet, kann man die Arme so justieren, dass sie den entsprechenden Körperteil schützen. Tipp Nr. 9 rät, die Körperposition beim Aufschlag zu kontrollieren. Am schlimmsten ist es, wenn man mit dem Kopf zuerst auftrifft. Dann ist man sofort tot. Am zweitschlimmsten mit dem Bauch zuerst, am drittschlimmsten ist es, auf dem Rücken zu landen, auf der Seite ist es am viertschlimmsten und am glimpflichsten eben mit den Beinen zuerst. Wenn man wieder hochfedert, empfiehlt es sich, beim zweiten Mal auf der Seite oder auf dem Rücken zu landen. Laut Tipp Nr. 10 soll man hinterher möglichst rasch für ärztliche Behandlung sorgen; mit anderen Worten: Egal, wie schlecht man dran ist, man suche die nächstgelegene Arztpraxis auf.

Bei Landungen im Wasser soll man übrigens die Beine fest schließen und die Arme über den Kopf heben sowie sich möglichst ein wenig hintüber beugen. Uneinigkeit besteht darüber, ob die Zehen nach unten deuten sollten oder nicht. Das soll jeder Abstürzende nach eigenem Gusto entscheiden. Von Kopfsprüngen wird abgeraten, es sei denn, man ist Profi. Jung zu sein, scheint die Überlebenschancen übrigens zu erhöhen, und es ist günstig, wenn man sportlich ist. Mit anderen Worten, noch ein Grund, sich in Form zu halten. Allerdings wird darauf hingewiesen, dass kaum jemand einen Sturz aus mehr als dreißig Metern überlebt, das Beste sei mithin, überhaupt nicht abzustürzen.

Die Leute sind niedlich.

10. April

In den letzten Nächten bin ich gejoggt. Abgesehen von Denkmälern und Gebäuden, die ich aus Filmen kenne, habe ich keine Ahnung, wo ich vorbeigekommen bin. Ich habe Halt gemacht, um zu essen, ansonsten aber war ich ununterbrochen in Bewegung, immer aufs Geratewohl. Bislang hatte ich nie verstanden, was die Leute zum Rennen bewegt, doch nun begreife ich, dass es damit zu tun haben muss, wie die Gedanken fließen. Wenn man sich rasch aus eigener Kraft bewegt, schaltet das Gehirn irgendwann in einen Modus, in dem man es nicht mehr als Bedrohung empfindet. Es wird zahm und harmlos. Mit anderen Worten, Menschen, die laufen, laufen vor etwas davon. Sie haben Probleme. Und Leute, die viel laufen, haben wahrscheinlich größere Probleme als diejenigen, die wenig laufen. Solange sie laufen, geht es ihnen gut. Wenn sie aufhören zu laufen, holen die Probleme sie ein. Und niemand kann die ganze Zeit laufen. So ist es im Leben eingerichtet. Trotzdem, für den Moment hilft das Laufen, und das ist schon viel besser als nichts. Einmal hat Papa von einem Kollegen erzählt, der nicht aufhören konnte zu laufen. Er lief zur Arbeit und er lief durch den Wald, er lief von Oslo nach Bergen und er lief von Oslo nach Trondheim. Eines Tages fiel er einfach tot um. Die Ärzte sagten, sein

Herz sei riesig gewesen, groß wie das eines Ochsen, und ebenso groß müssen die Probleme gewesen sein, obwohl Papa nichts über sie sagte. Überhaupt redete er wenig über Probleme. Er hat wohl gedacht, Tom und ich müssten vor so was geschützt werden. Vielleicht wäre ich für diesen Verlust besser gewappnet gewesen, wenn er und Mama etwas mehr mit uns über die Dinge geredet hätten, die nicht gut waren, falls denn etwas nicht so gut gewesen ist, aber das ist es sicherlich, irgendwie hätte es ja möglich sein müssen, ein etwas nuancierteres Bild zu zeichnen. Vor einem Jahr war ich ein relativ gut funktionierendes Mädchen, heute bin ich ein joggendes und schreibendes Häufchen Elend. In den letzten Tagen hatte ich noch eine gewisse Hoffnung, ich könnte beim Laufen tot umfallen. Doch nein, mein Herz macht alles mit. Es ist noch nicht groß genug, um zu brechen. Der Körper hält unglaublich viel aus. Ich glaube fast, Marathon könnte was für mich sein. Vielleicht werde ich eine von denen, die durch die Welt reisen und überall laufen. New York Marathon, London Marathon, Berlin, Sydney und so weiter. Weltweit gibt es sicher mehrere Marathons pro Woche. Ich könnte die junge Frau werden, die immer nur läuft und läuft und nicht mal dann lächelt, wenn sie gewinnt, und nicht mal hinter der Ziellinie stehen bleibt, denn nicht der Sieg und der Ruhm und das Geld interessieren sie, sondern das Laufen selbst, sie muss einfach laufen, sie kann nicht anders, und es gehen Gerüchte um, sie laufe einer großen Trauer davon. Ich wäre rätselhaft und berühmt.

Bislang dachte ich, Menschen könnten sich nicht verändern. Sosehr man auch sagt, man hört mit diesem auf und fängt mit jenem an und werde sich so und so verändern, sosehr man das auch verspricht, es passiert nichts, man bleibt im Grund doch immer derselbe wie eh und je. Dachte ich. Jetzt weiß ich es besser. Wenn etwas Schlimmes geschieht, verändert einen das. Auf einmal schreibt man, man fliegt durch die Welt, man läuft. Man verliert sich selbst und gewinnt etwas anderes. Läufer werden dünner. Ich denke, wenn ich noch richtig lange laufe, ist irgendwann nichts mehr von mir übrig, ich löse mich in Luft und Wasser auf. Und in Erde. Erde hätte ich fast vergessen, aber ich möchte ganz sicher vor allem zu Erde werden. Zu mehreren Kilo Erde. Aus der zum Beispiel im Frühling Huflattich wachsen kann. Ich wäre lieber Huflattich als Julie.

Es fing in der zweiten oder dritten Nacht an. Ich schlief im Hotel. Plötzlich stand ich auf. Es war, als ob es nicht meine eigene Entscheidung wäre, ich bemerkte sozusagen nur, wie ich aufstand und mich anzog und dann die Treppe hinab und durch die Stadt lief. Ich lief die ganze Nacht und kollabierte morgens im Bett. Am selben Abend kaufte ich mir Laufschuhe und Laufwäsche und verschwand wieder in der Stadt. Ich laufe nachts durch eine fremde Stadt. Mitarbeiter des Gesundheitswesens würden das gewiss als eines der sichersten Zeichen für seelische Unausgeglichenheit ansehen. Wenn einer nachts ziellos durch fremde Städte rennt, gehen sämtliche Alarmsirenen los. Ich nehme an, mein Treiben gehört zu den Top Ten der Symptome von geistigem Verfall und Irresein. Aber ich versuche es jedenfalls. Ich weiß nicht ganz, was ich versuche, aber ich tue es, so gut ich kann. So fühlt es sich an, wenn ich laufe: Ich versuche es, so gut ich kann.

Nachts begegne ich keinen anderen Läufern, aber morgens so um fünf, sechs Uhr tauchen die ersten auf. Erst dachte ich, sie schauen, was für Schuhe und was für Kleidung ich trage, sie beobachten meinen Stil, meinen Rhythmus, und überlegen, ob ich besser oder schlechter in Form bin als sie, aber nach ein paar Tagen habe ich erkannt, dass sie sich eigentlich fragen, was für Probleme ich wohl habe und ob sie größer oder kleiner sind als ihre. Sie schauen auf Augen und Gesicht. Als könnten meine Rehaugen irgendwas verraten. Die meisten laufen in der Gewissheit an mir vorbei, dass ihre Probleme bedeutend größer sind als meine. Ich glaube, sie halten mich für eine körperfixierte Streberin, die vor ihrem Schultag noch ein Stündchen läuft. Sollen sie denken, was sie wollen.

11. April
Ich hatte es satt, dass mir beim Laufen immer die Haare ins Gesicht fallen, also bin ich heute nach dem Aufwachen zu einem Friseur in einer Seitenstraße der Oxfort Street gegangen, an dem ich nachts ein paarmal vorbeigelaufen bin. Beim Warten blätterte ich in einer Zeitschrift, die dort lag. Sie hieß *Forbes* und brachte unter anderem eine Liste der elf gefährlichsten Reiseziele der Welt. Mir war gleich klar, dass das die Lösung meiner Probleme sein könnte, also riss ich die Liste heimlich heraus und steckte sie rasch ein, ohne dass die Friseure es bemerkten. Dann ließ ich mir von einem von ihnen die Haare so kurz schneiden wie Natalie Portman bei der Premiere des letzten Star-Wars-Films. Nur einen Monat, nachdem Tom und Mama und Papa abgestürzt waren, hatte ich sie auf einem Zeitungsbild in Cannes gesehen, und sie lächelte so hübsch, und Hayden Christensen hatte den Arm um sie gelegt und grinste wahnsinnig frech, als hätten sie es gerade in der Limousine, die sie zum roten Teppich gefahren hatte, miteinander getrieben, und ich spürte einen kleinen neidischen Stich, so

erinnere ich mich, denn sie waren fröhlich und berühmt und hatten ein aufregendes Leben vor sich, in dem alles passieren konnte, während in meinem Leben nicht mehr alles passieren konnte, denn es war schon passiert, das Schlimmste, was man sich vorstellen kann, war passiert, und da hilft es eigentlich nichts, wenn noch was Gutes hinterherkommt, das ist eigentlich meine größte Angst, es jagt mir eine Todesangst ein, und darum hoffe ich auch, dass das alles möglichst bald vorbei ist. Ich habe Angst, dass mein Leben sowieso nie wieder gut wird, dass es zerstört ist, dass etwas kaputtgegangen ist, ohne das nichts mehr funktioniert, und wenn es so ist, dann wird es nie wieder gut, auch wenn noch das eine oder andere Schöne passieren sollte, denn das Schöne kann sich nirgends mehr richtig festhalten. Dieser Gedanke ist kaum zu ertragen. Eigentlich glaube ich übrigens nicht, dass Natalie und Hayden miteinander geschlafen haben. Ich glaube nicht, dass Natalie sich mit so einem wie Hayden zufriedengeben würde, ich hoffe es jedenfalls. Solange er ein vielversprechender Jedi-Ritter war, konnte ich ihn gut leiden, aber seit er Obi-Wan verriet und auf die Dark Side überlief, nicht mehr. Natalie ging es sicher genauso, aber solche jahrelangen Filmprojekte schweißen die Mitwirkenden wahrscheinlich so zusammen, dass alle sich in alle verlieben und viele Paare entstehen, und ich glaube, dann verlieren sie den Blick für die Realität, sodass sie das Leben und die Figuren, die sie spielen, nicht mehr unterscheiden können, und das stimmt mich äußerst skeptisch, aber egal wie, auf dem Foto hatte Natalie jedenfalls ultrakurze Haare, fast eine Glatze, und ich jetzt auch.

12. April
Ich habe mir die Liste der gefährlichsten Reiseziele der Welt angeschaut und herausgefunden, dass Afghanistan, Irak, die Demokratische Republik Kongo und Somalia die Gegenden sind, in denen der Aufenthalt als extrem gefährlich eingestuft wird. Laut *Forbes* bedeutet das, die Wirtschaft ist zusammengebrochen, die Verwaltungen sind korrupt oder inexistent, Recht und Ordnung gelten nichts mehr. Haargenau, was ich brauche. Afghanistan und Irak halte ich allerdings nicht aus. Gekidnappt und dann auf bestialische Weise von Leuten umgebracht werden, die dabei »Allah ist groß!« rufen, das ist nichts für mich. Alles hat seine Grenzen. Aber Afrika lockt mich. Dann sterbe ich nicht nur auf demselben Kontinent wie Tom und Mama und Papa, sondern sogar in der Nähe des Ortes, wo es passiert ist. Und die Demokratische Republik Kongo fasziniert mich deutlich mehr als Somalia. Einerseits liegt das daran, dass Länder, die ein »demokratisch« im Namen tragen, so gut wie immer undemokratisch und chaotisch sind und in ihnen so gut wie alles passieren kann, ohne dass es vom Gesetz geahndet wird, ich möchte nämlich nicht, dass diejenigen, die mich töten, deswegen verhaftet und ins Gefängnis geworfen werden, das wäre ungerecht, sie sollen einfach so weitermachen wie zuvor, ohne jedes schlechte Gewissen. Und zweitens liegt es daran, dass dieser Teil Afrikas grün und fruchtbar ist. Außerdem wird dort Französisch gesprochen. Dann kann ich ein bisschen verstehen, was sie sagen, vielleicht kann ich sogar selbst eine Kleinigkeit sagen, bevor ich zwischen zwei verfeindeten Gruppen ins Kreuzfeuer gerate. Denn genau das habe ich vor. Nicht selbst ein Ziel sein, sondern dazwischengeraten, fast zufällig, sozusagen zur falschen Zeit am

falschen Ort sein, das kann ja wohl nicht so schwer sein, andere schaffen das die ganze Zeit. Elle est morte!, werden sie rufen. Elle est morte!

13. April
Ich laufe weiterhin nachts und schlafe tagsüber, daher war es etwas schwierig, ein offenes Reisebüro zu finden, aber ein freundlicher Mensch in der Hotelrezeption ließ mich heute früh ins Internet. Morgen fliegen die SN Brussels Airlines nach Kinshasa, die Hauptstadt der Demokratischen Republik Kongo. Dort ist laut *Forbes* das Risiko zwar nur mittelhoch (die Skala geht von extrem über hoch, mittelhoch und niedrig bis unbedeutend), also werde ich wahrscheinlich genötigt sein, unverrichteter Dinge weiterzureisen. Dafür scheint es im Nordwesten des Landes extrem gefährlich zu sein. Laut »Was jeder Däne wissen sollte« herrschen dort Unruhen, seit Mobutu Sese Seko im Jahre 1998 gestürzt wurde. Manchmal wird der Konflikt als der Afrikanische Weltkrieg bezeichnet; er gilt als die Auseinandersetzung mit den meisten Toten seit dem Zweiten Weltkrieg.

Vielleicht bin ich ja zynisch, wenn ich eine so tragische und traurige Situation zum eigenen Vorteil nutze, wenn man das so nennen kann. Ich sollte mich wohl eher fragen, was ich tun kann, um den Menschen dort zu helfen, stattdessen frage ich mich nur, was sie für mich tun können. Die lange Trauer hat mich egoistisch und unsympathisch werden lassen.

14. April

In drei Tagen ist der Absturz ein Jahr her. Vor dem Tag habe ich schon lange Angst. Daher habe ich gestern vorm Einschlafen beschlossen, möglichst rasch in den Kongo zu reisen, sodass mir pünktlich am 17. die Kugeln um die Ohren fliegen und ich vielleicht das Ganze ein für alle Mal hinter mir habe. Es hat ja was Schönes, ausgerechnet am Jahrestag erschossen zu werden, aber natürlich hat es auch ein bisschen was Kindisches und Überdramatisches. Folglich habe ich den Plan gleich wieder auf Eis gelegt, zugunsten einer besseren Idee: London Marathon. Es ist fast zu gut, um wahr zu sein: Der Lauf findet am 17. statt, und ich habe es geschafft, mich anzumelden, obwohl die Frist seit Monaten abgelaufen ist. Ich joggte zum Veranstaltungsbüro und erzählte, wie wichtig das für mich sei. Der Erste, mit dem ich sprach, sagte nein, doch dann kam eine Dame und gab mir eine Tasse Tee und hörte mir zu, und zum Schluss sagte sie ja. Ein tragisches Schicksal kann Türen öffnen. Sollte man sich merken.

15. April

Als ich heute von meiner allnächtlichen Lauftour zurückkam, machte ich mal wieder das Handy an und hörte die Nachrichten der letzten Wochen ab. Alle haben sie angerufen. Der Rektor vom KG, Bitten, Krzysztof und viele andere. Das Merkwürdigste war ein Anruf von Constances Mutter. Sie klang sehr besorgt und bat mich, schnellstmöglich zurückzurufen, egal zu welcher Tageszeit. Ich rief gleich an und erfuhr, dass Constance seit fünf Tagen verschwunden war. Niemand weiß, wo sie sein könnte. Die Polizei hat Ermittlungen aufgenommen. Ich fragte, ob sie im Stall nachgeschaut hatten. Hatten sie. Die Mutter klang so verzweifelt, ich musste ihr einfach erzählen, dass Krzysztof Constance und Psychogeir mehrfach bei mir im Haus gesehen hatte. Sie wurde sehr still und fragte, wer denn dieser Psychogeir sei. Ich sagte, der, bei dem ich in den Monaten, nachdem Tom und Mama und Papa umgekommen waren, in Gesprächstherapie war, und Constance und er hätten sich nach meinem kleinen Unfall im Krankenhaus kennengelernt. Er ist Psychiater und Tierfreund, sagte ich, außerdem ist er Mitte vierzig und backt Brot und hat Frau und zwei Kinder, mehr wisse ich eigentlich nicht. Die Mutter fragte, ob ich glaube, die beiden hätten ein Verhältnis miteinander, und ich sagte wahrheitsgemäß ja. Sie bat mich anzurufen, falls ich etwas von Constance hörte. Ich musste es versprechen, aber ich bin nicht sicher, ob ich das wirklich tue. Immerhin ist Constance 18. Sie kann tun und lassen, was sie will, und selbst wenn es den Eltern vielleicht nicht gefällt, dass sie ein Verhältnis mit einem mittelalten Psychiater hat, kann ihr das egal sein. Sie könnte auch Verhältnisse mit mehreren Psychiatern auf einmal haben, ohne dass die Eltern das unterbinden könnten. So ist das Leben. Erwachsene Mädchen leben ihr eigenes Leben. Und nach all den Jahren als braves Pferdemädchen musste mal so was passieren. Für mich absolut keine Überraschung. Constance wächst eben. Und das jetzt sind Wachstumsschmerzen, so nennt man das doch. Später rief die Mutter noch einmal an und erzählte, dass Psychogeir auch seit fünf Tagen vermisst wird. Inzwischen hatte ich mit Krzysztof gesprochen und wusste, dass Constance und Psychogeir letzte Woche mehrmals im Hause waren und dort ein kleines Lager von Kleidung und Gegenständen eingerichtet hatten, jedes Mal nur ein wenig, um nicht aufzufallen, so nahm er an.

Am Schluss hatten sie die Koffer voll mit für eine Reise in sonnige Gefilde geeigneten Sachen, und seitdem hat er sie nicht mehr gesehen. Wohin sie wollten, haben sie ihm nicht gesagt. Und Finch Hatton haben sie einfach dagelassen. Mit anderen Worten, die ganze Tierliebe war nur oberflächlich, und sobald es ans Eingemachte geht, ist nichts davon übrig. Im Alltag wollen sie gern kuschelige Tierchen um sich haben, aber wenn es in den Urlaub geht, dann weg damit. Das finde ich eine ziemlich offenkundige und unheimliche Charakterschwäche.

17. April
Heute bin ich meinen ersten Marathon gelaufen. Bei Sonnenschein kreuz und quer durch London. In vier Stunden und vierundvierzig Minuten. 444. Fast eine Art Number of the Beast. Hinterher war ich erschöpft, aber nicht völlig erledigt. Hätte wahrscheinlich ein bisschen schneller laufen können, hab mich aber nicht getraut. Überhaupt anzukommen war mir wichtiger. Während ich langsam zum Hotel zurückging, fühlte ich die ganze Zeit, dass Tom und Mama und Papa mich sehen konnten und stolz auf mich waren. Mehrmals hab ich zum Himmel hochgeschaut und ihnen zugezwinkert. Ganz schön kindisch, die Vorstellung, dass sie mich sehen können. Ich gebe mir Mühe, damit ich vor den Toten gut dastehe.

18. April
Lese in der Zeitung, dass ein Mann namens Raymond gestern nach elf Kilometern gestorben ist. Er war 59 Jahre alt, es war sein achter London Marathon, und dann ist er ein-

fach umgefallen, genau wie der Bekannte von Papas Kollegen. Das Herz hat nicht mehr mitgemacht. Warum ist mir das nicht passiert? Ich bin einfach so verdammt jung. Mein Herz funktioniert wahrscheinlich perfekt. Schlimmstenfalls schlägt es noch 80 Jahre. So geht das nicht weiter. Ich muss etwas unternehmen. Ich muss in den Kongo reisen und mich ins Kreuzfeuer zwischen verfeindeten Gruppen werfen.

20. April
Immer noch in London. Weiß nicht, wieso. Die Stadt ist sicher voller Möglichkeiten für Unternehmungen, aber ich habe noch keine einzige wahrgenommen. Bin immer nur gelaufen und hab ein paar neue Solfrid-Kapitel geschrieben. Das ist eine gute Ablenkung. Andere lösen Kreuzworträtsel. Ich schreibe über ein armes Mädchen, das vom Satan besessen ist. Ich weiß eigentlich nicht, was ich mit Solfrid soll. Eigentlich weiß ich gar nichts.

22. April
Wenn ich versuche, bei meinen Gedanken der vergangenen Tage durchzusteigen, verstehe ich auf einmal, warum Psychogeir Psychiater geworden ist. In meinem Kopf herrscht ein Chaos, das sicher interessant zu studieren ist, wenn man selbst kein Chaos hat. Im Lauf weniger Stunden erlebe ich vollkommen widersprüchliche Impulse und Gefühle. Wenn ich schnell durch den Hyde Park laufe und dabei über eine Bank hüpfe, nur weil sie da steht und ich mich so stark und leicht fühle, empfinde ich die reine Ekstase, mir ist, als ob ich jederzeit abheben könnte, und kurz darauf

sitze ich frisch geduscht, aber bleischwer vorm offenen Hotelzimmerfenster und denke, wenn ich jetzt vorsichtig über den Rand rutsche und mich fallen lasse, dann ist alles in ein paar Sekunden vorbei und ich spüre wahrscheinlich noch nicht mal was. Ich weiß nicht, was ich hier mache. Aber ich denke, es ist dumm, sich im Affekt das Leben zu nehmen. Ich will ganz sicher sein, dass ich es wirklich tun will. Aber wie kann ich sicher sein? Ich habe ja schon mal gedacht, ich wäre sicher, und das gab mir ein gutes und kraftvolles Gefühl. Sterben zu wollen, das ist souverän. Wer beschlossen hat zu sterben, dem kann irgendwie nichts mehr was anhaben. Wenn ich daran denke, dass ich weiterleben muss, löst sich eine Lawine von Unsicherheit, ich fange an zu zittern und zu weinen. Ich hatte die Tür schon hinter mir geschlossen, und das gab mir eine große Ruhe. Aber jetzt merke ich, dass die Tür aus irgendeinem Grund nicht mehr ganz zu ist, und das macht mir Angst. Wirklich eine Scheißangst.

23. April
Nachricht von Constance, als ich heute frühmorgens vom Joggen kam und das Handy anmachte. Sie hat sie um vier Uhr nachts geschickt. Sie schrieb: Geir und ich sind in Playa del Inglés. Es ist fantastisch hier. Denken an dich. Schau mal vorbei, wenn du noch am Leben und gerade in dieser Gegend der Welt bist. Wir bleiben länger.

Mit anderen Worten: Constance und Psychogeir sind an den banalsten Ort der Welt gereist. Das finde ich niedlich. Ist doch lustig, dass einer, der davon lebt, andere zu analysieren, über derart wenig Fantasie und innere Tiefe verfügt. Ich wette, Gran Canaria war das Tollste, was er sich denken konnte, und Constance fand das wahnsinnig aufregend. Ihre Familie ist im Sommer meist zu Hause geblieben, um die Pferde zu versorgen, und wenn sie mal verreist sind, dann zu Reitferien nach Island oder sie sind zusammen mit anderen Pferdefamilien über die Hardangervidda geritten. Pferde bestimmen ihr Dasein. Einen Wellensittich kann man für die Dauer eines Urlaubs woanders hingeben, einen Hund zur Not auch, aber ein Pferd offenbar nicht. Jedenfall nicht, wenn man so christlich und gewissenhaft ist wie Constances Familie.

Playa del Inglés findet sie sicher superexotisch. Mir gefällt, dass sie von zu Hause abgehauen ist. Das Problem mit Constance war ja immer, dass sie so ordentlich ist. Aber jetzt hat sie kurzerhand alles hinter sich gelassen, Pferd, Familie, Schule. Wer hätte das gedacht. Ich kann sie gleich ein bisschen besser leiden.

Seltsam, wieder an Gran Canaria zu denken. Vor vielleicht acht, neun Jahren waren wir das letzte Mal dort. Papa arbeitete als Berater für ein paar Norweger, die da ein Hotel oder so bauten. Wir wohnten mehrmals für einige Zeit in Playa del Inglés. Tom und ich gingen sogar ein paar Monate lang auf die norwegische Schule da unten. Mir ging es supergut. Papa arbeitete viel weniger als zu Hause, wir aßen die ganze Zeit im Restaurant oder lagen am Strand. Ich war unglaublich braun und gut gelaunt. Alle waren gut gelaunt. Papa blühte auf, weil er sein Spanisch anwenden konnte; er bestellte in der Landessprache und plauderte und scherzte mit Kellnern und Hotelangestellten. Mama hatte gar nicht gewusst, wie gut sein Spanisch tatsächlich war, sie wusste, er konnte es gut, aber nicht, dass er es so gut konnte, also war sie auch stolz, und ich erinnere mich an das gute Gefühl, das ich hatte, weil Mama auf Papa stolz war. Es war so geborgen. Als würde das Gute, das in uns steckte, für immer dauern. Papa war vor seinem Jurastudium fast ein ganzes Jahr lang mit dem Motorrad durch Südamerika gereist. Sich selbst hatte er das gegönnt. Aber wir sollten von dem Plan, den er für uns vorgesehen hatte, nicht abweichen, wir sollten weder schreiben noch trödeln noch uns in Künstlerseelen wie Keramik-Renate verlieben. Wir sollten uns auf Schule und Studium konzentrieren. Das war eine schockierend unmoderne Art zu denken, aber so war er eben. Er war fast vierzig, als Tom geboren wurde. Und zweiundvierzig, glaube ich, als ich kam. Mama war fast zwanzig Jahre jünger. Ganz klar hatte sie sich in seine Erfahrung und Charme und Klugheit verliebt usw. Und ins Geld. Juristen seiner Klasse haben Geld. Jeder weiß das. Und für Mama war es wichtig, in einem Haus wie unserem zu wohnen. Über die Masse gehoben. Aussicht und Sonne und große, lichte Zimmer. Viele Zimmer außerdem, das war besonders wichtig, viele Zimmer mit Wänden, die man anstreichen und umstreichen kann, und Möbeln, die man kaufen und arrangieren und auswechseln und umstellen kann. Das war ihr Leben. Darin ging sie auf. Nicht, weil sie wollte, dass alles aussah wie in der letzten Wohn-Zeitschrift. Seltsamerweise kümmerte sie sich nicht weiter darum, was andere sagten. Sie hatte keine Ausbildung in der Richtung, konnte sich aber voll und ganz auf ihren eigenen Geschmack verlassen und wusste immer, warum etwas funktionierte oder nicht und warum eine Lösung besser war als eine andere. Papa fürchtete manchmal, sie könnte seiner überdrüssig werden, weil er so viel älter war als sie. Er machte Witze darüber. Zeigte auf der Straße auf jüngere Männer und fragte sie, ob sie nicht lieber so einen hätte. Aber das schien für Mama kein Thema zu sein. Sie hatte, was sie haben wollte. Einen Mann und ein Haus und Kinder, und bald würde sie den schicksten Einrichtungsladen der Stadt aufmachen. Von seiner Südamerika-Reise erzählte Papa nur selten. Der Motorrad-Papa passte vielleicht schlecht zu dem Juristen-Papa. Jung und leichtsinnig zu sein, das gab es für ihn nicht mehr. Aber Mama erzählte, sie meinte, dass er damals mit Vollgas gelebt hat, immer in Lebensgefahr, immer mit jeder Menge Frauen. Falls ich ein Geschwisterchen habe, von dem ich nichts weiß, dann ganz sicher in Südamerika. Wäre ja lustig, jede Menge Zeit und Geld einzusetzen, um eine Schwester zu suchen, die es vielleicht gar nicht gibt, nur um ihr mitzuteilen, dass ihr Vater, den sie nie kennengelernt hat, in Afrika mit einem alten Flugzeug abgestürzt ist. Im Fernsehen habe ich schon Sendungen mit solchen Begegnungen gesehen. Die Sender treiben einen Mordsaufwand, um Menschen aufzuspüren und sie ins Studio zu bringen, wo sie dann ihrer eigentlichen Mutter oder ihrem wahren Vater begegnen sollen oder wem auch immer, aber der oder die Betreffende muss hinter der Bühne sitzen und warten und genau dann reinkommen, wenn der unbekannte Verwandte gefühlsmäßig so weit bearbeitet wurde, dass alle Beteiligten haarscharf den Tränen nahe sind. Da kann man ja nicht ankommen und in so einem Moment sagen, tja, tut mir leid, dein Vater ist vor ein paar Jahren bei einem Flugzeugabsturz umgekommen. Das kann man einfach nicht machen.

Ich weiß nicht, wie ich es bewältigen soll, falls ich wieder nach Gran Canaria komme. Vielleicht würde es einfach nur wehtun. Aber es liegt auf dem Weg in den Kongo.

Hier liege ich und höre nicht auf zu schreiben. Draußen ist London. Ich höre den Verkehr, summende Stimmen und unidentifizierbare Geräusche von der Straße. Ich könnte Museen besuchen oder shoppen oder nachts in angesagte Clubs gehen, aber ich laufe und schreibe, sonst nichts.

Das hier ist ganz offensichtlich ein Brief an mich selbst.

Ich weiß ja nicht, aber ich scheine ein großes Bedürfnis nach Briefen zu haben. Ich hasse es, so was zu sagen, also ich weiß ja nicht. Ich sollte stattdessen einen langen Schal stricken. Der würde mich wenigstens warmhalten. Was soll ich mit all diesen vollgeschriebenen Seiten? Wenn ich die anzünde, bringen sie höchstens ein paar Minuten Wärme. Danach ist es wieder so kalt wie zuvor. Genauso verflucht kalt.

26. April

Bin seit Montag rumgeflogen. Stand am Ticketschalter in Heathrow Schlange und wollte ein Ticket nach Las Palmas kaufen, aber als ich dran war, verlangte ich eines nach Reykjavik. Ganz spontan. Eigentlich eine Fluchtreaktion, sehe ich jetzt. Ich fürchte, eine Reise nach Gran Canaria könnte zu heftig werden, weil da unten zu viel Tom und Mama und Papa ist. Also wurde ich feige und sagte mir, niemand sollte sterben, ohne dass er auf Island in den warmen Quellen gebadet hat. Außerdem, so redete ich mir erfolgreich ein, könnte das eine Chance sein, die Dinge noch einmal gründlich zu durchdenken. Aber als wir landeten, war es so neblig und trist, dass ich den Flugplatz gar nicht verlassen mochte, und mir stand auf einmal fast schmerzhaft deutlich vor Augen, dass die meisten Menschen sterben, ohne auf Island in den warmen Quellen gebadet, ja, sogar ohne überhaupt von Island gehört zu haben, also flog ich weiter nach Toronto, wo ich eine Nacht auf einem harten Stuhl verbrachte, Schokolade essend und eine Flasche Wein trinkend, die ich knapp vor Geschäftsschluss im Duty-Free-Laden gekauft hatte. Als es Tag wurde und ich akzeptierte, dass ich nicht würde schlafen können, setzte ich mich vor ein Internet-Terminal, an dem man mit Kreditkarte zahlen konnte, loggte mich auf Google Earth ein und zoomte auf Playa del Inglés, wo ich in Gedanken alle Orte besuchte, die ich dort unten noch kannte, die Hotels und die Straßen und den Strand und die Berge ringsum, in denen wir manchmal sonntags gewandert waren, was die einheimische Bevölkerung, der wir dabei begegneten, äußerst merkwürdig fand, also dass eine ganze Familie in den Bergen rumläuft, sie fragten, ob wir etwas verloren hätten, worüber Mama und Papa herzlich lachten, sie hatten ihre norwegischen Gewohnheiten mit der allergrößten Selbstverständlichkeit dorthin exportiert. Wenn wir schon nicht Ski laufen konnten, dann mussten wir wenigstens wandern.

Mit einer Mischung von Müdigkeit und Trunkenheit saß ich vor dem Bildschirm, bis schließlich alles verschwamm. Nachdem ich mir mehrmals die Augen gerieben hatte, fiel mir auf, dass Playa del Inglés eigentlich eine Art Dreieck bildet, den spitzen Winkel nach Südosten gerichtet, genau dorthin, wo das Riu Palace Hotel auf die Dünen trifft. In dem Hotel hatten wir immer gewohnt. Die beiden Flügel des Hotels bilden einen Eingang zu dem Dreieck, sodass das Stadtzentrum von Playa del Inglés verblüffend den weiblichen Geschlechtsorganen ähnelt, mit Geburtskanal und kreisförmig verlaufenden Blutgefäßen und alldem. Das faszinierte mich besonders. Mit anderen Worten, Playa del Inglés ist eine Möse, eine ganz klar umgrenzte Möse, als hätte die Gemeinde das absichtlich so verfolgt, mit jahrelangen Plänen und unter Mitwirkung von Landschaftsarchitekten und Stadtplanern, so eine Mösenform entsteht doch nicht von selbst, dem Ganzen liegt ganz sicher eine Wahnsinnsarbeit zugrunde, und das Jungfernhäutchen ist also der Eingang des Hotels, in dem Tom und Mama und Papa und ich immer gewohnt haben. Der Geburtskanal verläuft in Form der Straße, die wir häufig entlanggegangen sind, an deren Namen ich mich aber nicht mehr erinnere, dann macht sie einen weiten Bogen nach rechts, unterwegs passiert sie Gruppen verschiedener Gewebe und Organe und Adern. Das faszinierte mich und kam mir ganz logisch und glaubwürdig vor, ich fand es lustig und beeindruckend, ich lachte mehrmals laut darüber, was mir schiefe Blicke seitens der Frühflieger einbrachte. Überhaupt passieren interessante Dinge in meinem Kopf, wenn ich Wein trinke. Ich kann nichts dagegen tun. Ist der Wein erst runter, geht der Rest von selbst. Ich brauche nur zu warten. Diese Wirkung gefällt mir. Außerdem scheine ich zu denjenigen Menschen zu gehören, die vom Trinken nicht traurig oder destruktiv werden, sondern vielmehr fröhlich und gleichgültig. Vielleicht wäre es eine gute Lösung, Alkoholikerin zu werden. Eine Art Zwischenlösung. Nicht so dramatisch wie zu sterben. Aber besser als nichts.

27. April

Es ist Nacht. Ich habe mich an Gate 7 im Flugplatz Charles-de-Gaulle draußen auf dem Land vor Paris versteckt. Eigentlich hätte ich hier nur nach Madrid umsteigen sollen, aber ich hatte schon wieder ein bisschen Wein getrunken, und weil die anderen Passagiere schon eingestiegen waren und mein Name schon zweimal ausgerufen wurde, hatte ich irgendwie keine Lust, als Letzte an Bord zu gehen, und da der Abflugbereich ansonsten leer war, versteckte ich mich, einer Eingebung folgend, und kletterte heimlich zu einer Betonplattform hoch, einem Teil des Tragwerks der merkwürdigen architektonischen Konstruktion dieses Flughafens. Jetzt sitze ich also auf einer Plattform, die dort entsteht, wo mehrere Betonbögen sich begegnen. Niemand kann mich sehen. Ich habe vor, die Nacht hier oben zu verbringen. Einfach so. Ich konnte verfolgen, wie das Check-in-Personal mehrfach hin und her laufen musste, um zu prüfen, ob ich tatsächlich verschwunden war, und am Ende flogen sie eben ohne mich, sie mussten kein eingechecktes Gepäck aus dem Flugzeug holen, ich glaube, als sie das feststellten, waren sie froh. Es ist schön, andere Menschen froh zu machen. Als ich eben mal vorsichtig an den Rand der Plattform rutschte und hinunterschaute, schaute ich einem telefonierenden Dänen auf den Kopf, der gerade sagte, er stehe hier mit einem leeren Blatt Papier und brauche ein paar Zahlen. Er lauschte und notierte. Er sagte 17, gut, 100, schön, dann sagte er 32 und noch so zehn bis fünfzehn andere Zahlen. Er beschrieb sein Papier mit Zahlen, dann stieg er ins Flugzeug. Ich war ganz beeindruckt, wie einfach sein Leben sein muss. Alles schien in schönster Ordnung zu sein, wenn er bloß seine Zahlen bekam. Ich beneide ihn um seine Unbekümmertheit. Muss man sich mal vorstellen, eine Reihe Zahlen wäre die Lösung all meiner Probleme. Ich könnte sie auf ein Blatt Papier schreiben und fröhlich weiterleben. Hier liege ich auf dem Beton und träume. Mittlerweile bin ich derart ans Schreiben gewöhnt, dass ich fast nicht mehr nachzudenken brauche. Papa würde mich nicht wiedererkennen. Es ist, als würde meine Hand für mich denken. Oder gleich der Stift. Ich halte ihn nur.

Heute Abend scheinen keine weiteren Flugzeuge mehr zu gehen. Vielleicht kann ich bald mal hier runter und in einen Blumentopf pinkeln.

28. April

Das Problem dabei, in diesem Versteck zu liegen, besteht darin, das ich zu viel Zeit zum Nachdenken habe. Zum Beispiel ist mir gerade aufgefallen, dass meine Tage zwei Wochen überfällig sind. Mehr als zwei Wochen sogar. Das ist noch nie passiert. Ich weiß noch nicht, soll ich mir Sorgen machen oder ist das eine ganz natürliche Erscheinung. Vielleicht hat das ganze Joggen mein System durcheinandergebracht. Oder mein Körper hat erkannt, dass er nicht mehr lange leben wird, und folglich die Eierproduktion eingestellt. Ich hoffe, dass es das ist. Das Menstruationszentrum des Gehirns hat ein Signal ausgesandt, dass die Inhaberin dieses Körpers keine weiteren Eier mehr braucht. Ich müsste wohl einen Arzt aufsuchen, aber das würde bedeuten, dass ich von meiner Plattform in Gate 7 runterklettern muss, und dazu habe ich keine Lust. Ich liege nämlich gern hier im Versteck. Dass ich es ohne jeden Grund tue, macht das Ganze besonders aufregend. Heute Nacht habe ich gedacht, wenn ich einfach hier liegen bleibe, dann verhungere ich irgendwann und trockne ein und werde nie gefunden, bis eines Tages der Flughafen renoviert wird oder die Glühbirne oben in der Ecke ausgetauscht werden muss. Dann werde ich als die junge Frau berühmt, die unterm Dach in Gate 7 von Charles-de-Gaulle mumifiziert wurde. Das würde man nicht so schnell vergessen. Man würde mein Tagebuch lesen und veröffentlichen und in ganz Europa über das Thema Jugend und Selbstmord diskutieren. Ich staune ja, dass ein Teil von mir so mit Glanz und Gloria sterben möchte. Eigentlich ist mir das fremd. Trotzdem hecke ich immer wieder Pläne aus, die, falls ich sie verwirkliche, ganz schön für Aufsehen sorgen würden. Ganz ähnlich der Kongo-Plan. Fette Schlagzeilen in der Zeitung, dass eine junge Norwegerin in einer der gefährlichsten Gegenden der Welt im Kreuzfeuer umgekommen ist. Es würde Spekulationen geben, was ich da tat, niemand würde es erklären können, bis man eventuell mein Tagebuch finden würde. Ich weiß nicht, ob es mir recht ist, wenn jemand das liest, was ich hier schreibe und es vielleicht in irgendwelchen Zusammenhängen verwendet, die ich nicht kontrollieren kann. Das muss ich noch mal gründlich bedenken. Wenn ich im Kreuzfeuer erschossen werde und vorher mein Tagebuch verbrenne, wird nie jemand ahnen, was mich antrieb. Es wird ein ewiges Rätsel bleiben, warum ich mich im Kongo aufhielt. Das Einzige, was von mir bleiben wird, ist eine halb fertige Geschichte von der armen Solfrid, die vom Teufel besessen ist.

Außerdem möchte ich nicht verhungern. Ich glaube, das ist mit großen Schmerzen verbunden. Typische Nachtgedanken. Nachts ist der Kontakt mit der Wirklichkeit ganz besonders schwach. Und wenn ich dazu noch was getrunken habe, ist so gut wie gar kein Kontakt mehr vorhanden.

1. Mai

Die Flughafenpolizei hat mich entdeckt, weil ich gehustet habe, und die letzten drei Tage habe ich in Haft verbracht. Sie haben mich ewig ausgefragt und tausendmal meinen

Pass und mein Gepäck gecheckt und mich geröntgt und mir einen Finger in den Hintern gesteckt, und am Ende haben sie einsehen müssen, dass ich wohl tatsächlich nur ein bisschen gestört und ganz einfach spontan auf diese Plattform geklettert bin, ohne besondere kriminelle oder sonstwie gefährliche Absichten, also haben sie mich gerade eben wieder gehen lassen. Jetzt sitze ich in der Abflughalle und versuche, wieder zu mir zu kommen, und denke daran, dass der Arzt der Untersuchung rausgefunden hat, dass ich schwanger bin. Das hat er eigentlich nicht untersuchen wollen, aber bei unserem Gespräch fand ich ihn sympathisch und erzählte ihm das mit meinen Tagen, und da hat er einen Test geholt und festgestellt, dass ich schwanger bin, und gesagt, das sei gut, jetzt könne er schreiben, dass ich unter Schock und im Affekt gehandelt habe und nicht wusste, was ich tat, und dann würde die Polizei sicher die Ermittlungen einstellen und mich ohne Strafmandat laufen lassen. So geschah es dann auch. Der Respekt vor schwangeren Frauen ist erschreckend groß. Von wegen der Urquell des Lebens, wow. Aber ich weigere mich zu glauben, dass ich schwanger bin. Der Einzige, mit dem ich in der letzten Zeit geschlafen habe, ist Ahn Hyun-Soo, und zugegeben, ich war bombensicher, dass solche Spitzensportler keine Kinder kriegen können, ich dachte, die trainieren sich völlig kaputt. Aber wenn das jetzt trotzdem stimmt? Schwanger! Moi? Teufel auch. Als hätte ich nicht schon genügend Probleme. Dann muss ich vielleicht doppelt so viele Leben beenden.

2. Mai

Madrid. Kann immer noch nicht glauben, dass ein Klümpchen Leben in meinem Bauch sitzen soll. Jetzt liege ich seit ein paar Stunden im Hotelbett und fühle nach, aber abgesehen von den ausgebliebenen Tagen gibt es kein äußeres Zeichen dafür, dass das stimmt. Keine Übelkeit. Keine empfindlichen Brüste. Mit meiner Laune geht es auf und ab, aber so ist es schon länger, also lässt sich das nicht als Indikator für etwas anderes nutzen, als dass es mit meiner Laune auf und ab geht. Abgesehen davon geht es mit der ja eher bergab. Und ich bezweifele immer mehr, dass man sich auf solche Tests verlassen kann. Ist doch nur ein Streifchen, auf das man pinkelt. Hallo. Weiß doch jeder, die Pharmakonzerne tun sonst was, wenn es ihnen Geld einbringt. Außerdem glaube ich, die Leute haben meist ihre Hintergedanken. Zwar habe ich keine Ahnung, was der Arzt davon haben soll, dass er mich für schwanger erklärt, aber vielleicht hatte er dadurch einfach nur weniger Papierkram. Ich kann das jedenfalls nicht ernst nehmen.

3. Mai

Keine Ahnung, was mich nach Madrid gezogen hat. Bin einfach hingeflogen. Aber jetzt weiß ich, was es war. Gerade eben habe ich es kapiert. Ich sitze auf einem roten Sofa im Museum, im Prado, und betrachte ein Gemälde namens Die Heilige Familie mit dem Vögelchen. Maria isst ein Stück Obst oder so und schaut friedlich auf das Jesuskind, das, an Josef gelehnt, dasteht und einen kleinen Vogel in der Hand hält. Ein kleiner Hund vor ihm hebt eine Vorderpfote. Ein Maler namens Bartolomé Esteban Murillo hat das Bild gemalt, irgendwann im 17. Jahrhundert. Sicher das niedlichste Bild, das es von Jesus und seinen Eltern überhaupt gibt. Das Christentum kommt nur im Titel vor. Das Bild selbst ist eher ein typischer Familien-Schnappschuss. Eigentlich sieht es aus wie viele Fotos aus unserem Familienalbum. Kinder, die spontan etwas Niedliches machen, und die Erwachsenen schauen zu. Als ich in diesen Saal kam, blieb ich wie angewurzelt stehen, denn ich wusste sofort, dass ich hier schon mal war. Mit Tom und Mama und Papa. Sie haben Madrid mehrmals erwähnt. Tom erinnerte sich an die Reise, ich nicht. Bis jetzt. Ich war höchstens zwei, drei Jahre alt. Aber dieses Bild muss ich schon damals toll gefunden haben. Zwei Tiere und dazu noch ein Kind in meinem Alter. Dass es Jesus war, davon wusste ich natürlich nichts. Niemand weiß das, der den Titel nicht liest. Wahrscheinlich bin ich nach Madrid gekommen, weil etwas in mir wusste, dass ich dieses Bild wiedererkennen und mir das guttun würde. Dass ich aber auch so kompliziert und sentimental bin. Wenn ich mir das Bild so anschaue, bin ich unsicher, was Jesus da eigentlich treibt. Als würde er den Hund necken. Vielleicht denkt der Hund, gleich kriegt er das Vögelchen, aber der freche kleine Jesus hebt ihn im letzten Moment außer Reichweite, immer wieder. Eigentlich fressen Hunde ja keine Vögel. Aber hier geht es um Kunst, da gilt so ein Einwand nicht. Außerdem frisst vielleicht genau dieser Hund eben doch Vögel. Mama und Papa sind in jede Menge Museen gelaufen, als Tom und ich klein waren. Mama las dicke Bücher über Kunstgeschichte, und Papa hat erzählt, ihm gefiel, dass sie sich so interessierte, außerdem mochte er selbst Kunst gern, also reisten wir unablässig übers Wochenende in der Welt herum und besuchten Museen. Mama sagte, Museum war eines der ersten Wörter, die ich überhaupt sagen konnte, nur dass ich nicht Museum sagte, sondern Muleum. Bevor ich das Wort richtig aussprechen konnte, war ich schon überall gewesen: im Pradomuleum und im British Muleum und im Muleum of Modern Art und im Stedelijk Muleum und im Van Gogh Muleum und im Wasamuleum und im Picassomuleum und im Louvre und in vielen anderen Muleen. Meine Familie hat das Wort dann übernommen. Wir haben nie Museum gesagt, es sei denn in Gegenwart Dritter. Jetzt kenne nur noch ich das Wort Muleum und weiß, was es bedeutet und warum es ein gutes Wort ist, aber der Charme ist weg oder jedenfalls stark vermindert, ebenso wie die Freude an vielem, das man hat, stark vermindert wird, wenn es mit dem Flugzeug abstürzt. Ich kann das Wort Muleum nicht mehr verwenden, weil diejenigen, mit denen ich es gemeinsam verwendet habe, nicht mehr sind. So einfach ist das. Jeden Tag tun und sagen die Menschen Dinge, die verschwinden, wenn diese Menschen selbst verschwinden. Psychogeir hat behauptet, man darf nicht einfach auf Haustiere verzichten, weil es traurig ist, wenn sie sterben, aber ich glaube, da irrt er sich. Man sollte sich keinesfalls Haustiere anschaffen. Und schon gar nicht eine Familie. Es tut einfach viel zu weh, wenn sie verschwindet.

5. Mai
Bin gestern Abend in Playa del Inglés eingetroffen, sitze jetzt auf meinem Balkon im Hotel Dunamar und blicke über den Strand und das Meer. Vorhin bin ich zum Kiosk runter und hab zum ersten Mal in meinem Leben Zigaretten gekauft, vor allem, weil irgendwas passieren muss, ich muss etwas unternehmen, das spüre ich, und etwas Kon-

struktives kann es ja nicht sein, also rauche ich, nur muss ich immer an den französischen Arzt denken, der gesagt hat, ich sei schwanger. Aber immer noch besser, ich bin eine schlechte Mutter als eine tote Mutter. Ich denke, das versteht der Embryo, falls denn ein Embryo da drin sein sollte. Ich kann immer noch nichts Besonderes spüren.

Ins Riu Palace wollte ich nicht. Ich dachte, wenn ich das tue, dann gehen die Gedanken zu unkontrolliert ab. Zwar bin ich nicht um des Spaßes willen nach Playa del Inglés gekommen, aber auch nicht, um rumzulaufen und zu heulen. Als ich vom Flugplatz kam, bat ich den Taxifahrer, er solle mich einfach an dem Kreisel unten am Strand rauslassen. Ich zog die Schuhe aus und ging zum Wasser runter, um auszuprobieren, wie warm es ist. Ich watete ein Stück durchs Wasser, und als ich kehrtmachte, um zu Papas altem Rollkoffer zurückzugehen, der jetzt ja mein Rollkoffer ist – ich sollte aufhören, immer zu denken, dass etwas eigentlich Papa oder Mama gehört –, da fiel mir auf, dass das Hotel Dunamar so schön cremegelb über den Geschäften und Restaurants thront, die zwischen Straße und Strand liegen, es erschien mir als der perfekte Ort für mich, hier und jetzt, also spazierte ich einfach in die Rezeption und verlangte ein Zimmer mit Aussicht so weit oben wie möglich.

Afrika liegt gleich da hinten. Sehen kann ich es nicht. Aber ich weiß, es ist da. Weit kann es nicht entfernt sein. Wenn ich übers Wasser laufen könnte, wäre ich in ein paar Stunden da. Gut zu wissen. Obwohl Tom und Mama und Papa nach Hause überführt wurden, fühle ich mich ihnen umso näher, je dichter ich an Afrika dran bin. Dort waren sie zuletzt am Leben. Wahrscheinlich waren sie am Leben, bis sie auf Afrika trafen. Als sie einen Zentimeter über Afrika waren, lebten sie noch, als sie dann richtig in Afrika waren, waren sie tot. Wenn ich das so schreibe, sieht es aus, als würde ich Afrika die Schuld an ihrem Tod geben, aber das tue ich natürlich nicht. Afrika kann nichts dafür. Es liegt ja einfach nur da.

Die Farbe vom Hotel Dunamar ähnelt übrigens weitgehend der von Mamas Kvæfjord-Kuchen, wenn der nach ein paar Tagen im Kühlschrank gut durchweicht ist. Kvæfjord-Kuchen hab ich nie gemocht. Aber Kvæfjord-Kuchen sieht gut aus. Viel besser, als er schmeckt. Außerdem sieht er anders aus als alle anderen Kuchen, und ich glaube, vor allem darum finde ich, er sieht gut aus. Wahrscheinlich ist es kindisch, etwas zu mögen, nur weil es sich von anderen Gegenständen mit ähnlicher Funktion und vergleichbarem Geschmack unterscheidet, und wenn ich normal lange leben würde, würde ich vielleicht irgendwann nicht mehr finden, Kvæfjord-Kuchen sehe besser aus als anderer Kuchen. Noch ein Grund zum Schlussmachen. Mit Entsetzen denke ich daran, wie es wäre, zu einer Person zu werden, deren Geschmack und Ansichten denen anderer gleichen. Allein der Gedanke ans Älterwerden stößt mich ab. Wahrscheinlich funktioniert das System gut, solange man normale Sachen erlebt, aber in dem Moment, wo die Tragödie über einen hereinbricht, wird alles mit einem Schlag unlogisch. Soll ich etwa noch jahrelang leiden, nur weil ich, falls die Verzweiflung mich irgendwann wieder loslassen sollte, möglicherweise ein kluger und guter Mensch werde? Ich bin ich, hier und jetzt. Das ist das Einzige, was sicher ist, und das Einzige, das zählt.

6. Mai
Wieder hier zu sein tut auf merkwürdige Weise gut. Gestern bin ich den Strand runtergelaufen, bis zum Leuchtturm von Maspalomas. Seit dem letzten Mal haben sie ein riesiges Einkaufszentrum gebaut, es ist sogar fast geschmackvoll geraten. Ich saß auf der Mauer an der Strandpromenade, sah rund zwanzig Surfern beim Surfen zu, aß Würstchen mit Pommes und trank dazu etwas namens Strawberry Explosion, das aber ganz gewöhnlich schmeckte, und dann wanderte ich über die Sanddünen, bis ich zum Riu Palace kam, wo ich in der Rezeption eine Flasche Wasser kaufte und gar nicht so sehr von Erinnerungen an die Zeit dort überwältigt wurde wie befürchtet, und obwohl ich langsam müde wurde, spazierte ich noch zwei der Achsen im äußeren Teil der Vaginaform entlang. Strandspaziergang, Wüstenspaziergang und zum Schluss noch ein Mösenspaziergang. Seit Langem der beste Tag. Mir wird klar, dass ich mich vorerst nicht bei Constance und Psychogeir melden werde. Worüber soll ich mit denen groß reden? Ich bin dann doch nur das fünfte Rad am Wagen. Ein verliebtes Pärchen, das sich an den Ohren knabbert, während es mit jemand anderem zusammen ist, kann ich jetzt nicht brauchen, und schon gar nicht, wenn der eine der beiden Psychogeir ist. Den will ich möglichst an gar nichts knabbern sehen.

7. Mai
Ungefähr dort, wo der rechte Eileiter in die Playa-del-Inglés-Vagina mündet, liegt eine hübsche kleine Kirche, in der Gottesdienste auf Norwegisch und Schwedisch und Finnisch und Holländisch und Deutsch und Spanisch ange-

boten werden. Heute hab ich darin gesessen, seit es vormittags losging. Ich frühstückte in einem Café auf dem Platz vor der Kirche, und als die Glocken läuteten, bin ich einfach reingegangen. Es war auch gerade eine gute Gelegenheit, um wegzugehen, ohne zu zahlen. Das hab ich letzthin öfter getan. Nicht, weil ich kein Geld hätte, sondern weil ... tja, wenn ich versuche, es genau zu benennen, stelle ich fest, dass ich es eigentlich nicht weiß, es ist einfach ein bisschen aufregend. Dann passiert was. Mein Herz schlägt für eine Weile schneller. Vor den Folgen habe ich aber keine Angst. Sollen sie mich ruhig verhören und mir vielleicht eine Strafe aufbrummen, was soll's, eine deprimierte und hübsche und vielleicht sogar noch schwangere junge Frau kommt immer billig weg.

Der holländische Gottesdienst war der beste. Von dem, was der Pfarrer sagte, verstand ich so gut wie nichts. Da wurde das Ganze auf einmal erträglich und fast sogar schön. Ich spürte, dass er mich direkt ansprach, ungefähr wie als der Ministerpräsident in seiner Neujahrsansprache meine Selbstmordpläne unterstützte. So, wie ich ihn verstand, sagte der Pfarrer ganz einfach, er verstehe, dass das, was Tom und Mama und Papa passiert ist, mein Leben von Grund auf verändert hat und dass es wohl bedacht ein Menschenrecht ist, sein Dasein von eigener Hand zu beenden. Ich dachte nicht, dass Pfarrer für Selbstmord sprechen könnten, aber dann fiel mir ein, dass ich hier schließlich in Gran Canaria bin, hier gelten sicher nicht dieselben Grenzen wie zu Hause. Kein Wunder, dass die Kirche besser dastand, als auf Latein gepredigt wurde. Es war ein Fehler, das zu ändern.

8. Mai
Bin den Strand runter- und wieder raufgelaufen und habe festgestellt, dass er in mehr oder minder offizielle Bereiche eingeteilt ist. Gleich hier oben ist der Familienbereich. Hier ist es immer rappelvoll von Leuten mit Kindern und Liebespaaren jeden Alters, man kann für drei Euro einen Liegestuhl mieten oder eine halbe oder ganze Stunde Wasserscooter fahren oder sich auf einer dicken Luftbanane von Motorbooten ziehen lassen, und alle baden mit Badehose oder -anzug. Rund einen Kilometer weiter liegt der Nudistenstrand. Da ist schon etwas weniger los, aber es gibt immer noch Liegestühle und Toiletten und einen kleinen Kiosk. Hier liegen fast ausnahmslos sehr braun gebrannte alte Menschen mit teils gewaltigen Leibern, an denen alles nur so schlenkert und schlabbert. Sie sind ganz selbstverständlich nackt, es scheint ihnen nichts auszumachen, wenn die Vorüberkommenden sie anstarren. Sie haben alle Verlegenheit hinter sich gelassen, tummeln sich mit roten Badekappen in den Wellen und kreischen miteinander wie Kinder. Aus irgendeinem Grund fühlte ich mich bei ihnen wie zu Hause. Knapp einen Kilometer weiter liegt ein weiterer FKK-Strand, dieser aber weniger ordentlich, ohne Kiosk oder Klo. Hier bildet der Sand eine Art zum Meer hin offene Kuhle, an deren Hang die Kleinen spielen können. Ganze Familien sitzen hier unbekleidet beim Picknick, französische alleinerziehende Väter liegen in große Strandtücher gewickelt in der Sonne, lesen Zeitung und blicken ab und zu auf, um zu sehen, wie es ihren Kindern geht. Noch ein Stück weiter, ganz am Rande, liegt der Schwulenstrand, und man denkt, hier ist alles möglich. Danach wird es wieder ordentlicher und familienfreundlicher, je näher man zum Leuchtturm von Maspalomas kommt. Wirklich

ein fantastischer Strand. Beim Laufen dachte ich, der Sand hier könnte auch aus der Sahara hergeflogen sein. Mit anderen Worten, vielleicht lief ich über afrikanischen Sand, obwohl ich eigentlich noch in Spanien war und so auf eine seltsame Art und Weise immer noch in Europa. Streng genommen gehört Gran Canaria ja zu Afrika, also bin ich so gesehen schon dort. Mehrmals täglich denke ich, dass Tom und Mama und Papa mich sehen können, dass die Toten mich sehen können, als wäre ich in einem Film. Wenn ich im Hotel vorm Badezimmerspiegel stehe, dann denke ich, Mama ist im Spiegel und schaut mir zu, wie ich mir die Zähne putze, und für den Fall, dass dem tatsächlich so ist, gebe ich mir Mühe, nett auszusehen, und beim Joggen denke ich manchmal, dass die oben im Himmel mir zusehen können, auf einer Art Großleinwand, vielleicht auch in Zeitlupe, also konzentriere ich mich darauf, symmetrisch und kraftvoll zu laufen, und stelle mir vor, wie Mama einem anderen zufällig anwesenden Toten auf die Schulter klopft und stolz sagt, das ist meine Tochter, die da so leicht und hübsch den Strand entlangläuft. Und ich denke, wenn ich es schaffe, die nächsten hundert Meter ohne Luftholen zu laufen, stehen Tom und Mama und Papa auf einmal lebendig vor mir und bedanken sich, weil ich begriffen habe, was ich tun musste, obwohl ich nicht wissen konnte, dass Gott eine Regel aufgestellt hat, wonach er die Menschen wieder lebendig werden lässt, wenn deren nächsten Angehörigen den geheimen Code knacken. Dieser Code kann alles mögliche Seltsame sein, aber heute besagte er eben, dass man eine ganz bestimmte, einhundert Meter lange Strecke zwischen Playa del Inglés und Maspalomas ohne Luftholen entlangjoggen muss, und wenn ich das geschafft habe, ohne dass Tom und Mama und Papa auftauchen, denke ich sofort, dass der Code anders lauten muss. Vielleicht befreie ich sie, wenn ich zwischen einem bestimmten Kind und einem Vater hindurchlaufe, die beide im seichten Wasser umherwaten, oder wenn es mir gelingt, fünfzig Meter mit geschlossenen Augen zu laufen, ohne mit einem der anderen Jogger oder Strandspaziergänger zusammenzustoßen. Bislang habe ich den Code noch nicht geknackt. Aber immer wieder bin ich sicher, dass es ihn gibt und er nicht einmal besonders kompliziert ist. Die Leute denken, Gott ist besonders lieb und klug, aber ich glaube, er ist nicht anders als alle anderen. Unter anderem darum nenne ich ihn auch nicht den lieben Gott. Ab dem Tag, wenn Tom und Mama und Papa wiederkommen, ab dem Tag werde ich ihn auch wieder den lieben Gott nennen.

18. Mai
Habe seit zehn Tagen nichts geschrieben. Und wollte auch nicht wieder damit anfangen. Auf einmal dachte ich, vielleicht liegt es ja am Schreiben, dass ich nicht über alles wegkomme. Wenn ich schreibe, erinnere ich mich selbst die ganze Zeit daran, wie leid ich mir tue und was ich Schlimmes erlebt und wie wenig Lust ich zum Weiterleben habe. Ein Teufelskreis, den ich nur auf eine einzige Weise durchbrechen kann. Außerdem gibt es Leute, die furchtbare Dinge erleben und ganz gut damit zurechtkommen. Also hab ich aufgehört zu schreiben und hab das Tagebuch nach ganz unten im Koffer gelegt, um versuchsweise etwas unmittelbarer zu leben, ohne es mittels Schreiben zu filtern. Aber in den letzten Tagen ging es mir nicht besser, sondern schlechter. Ich bin böser und destruktiver geworden. Ich finde, alle anderen Leute sind Idioten, und ich denke wi-

derliche Sachen über sie, während sie mit mir reden. Zum Beispiel ist da im Hotel eine Norwegerin, die hat entdeckt, dass ich ebenfalls aus Norwegen komme und ein bisschen neben mir stehe, und wahrscheinlich denkt sie, man muss sich ein bisschen um mich kümmern, und jetzt hat sie mich tagelang vollgetextet, von wegen, ich soll mit ihr und ihrem Mann zu einem Ort namens Anfi gehen, wo am 17. Mai der norwegische Nationalfeiertag begangen wird, mit einem Fest von morgens bis abends (Umzug, Reden, Würstchen, Eis). Sie hat das Programm an meine Tür gehängt und an der Rezeption jede Menge Nachrichten für mich hinterlassen, aber da ich auf nichts weniger Lust habe als darauf, ausgerechnet auf Gran Canaria mit frohen norwegischen Familien den 17. Mai zu feiern, habe ich ihr nicht geantwortet, aber dann bin ich ihr im Aufzug begegnet, es war schicksalhaft, sie war schon drin, als ich reinkam, ich konnte unmöglich wieder aussteigen, es sei denn mithilfe einer Lüge, ich hätte meinen Lippenstift vergessen oder so, und natürlich fragte sie sofort, ob ich denn nun mitkommen würde, und ich antwortete, auf gar keinen Fall, schon gar nicht mit so einer dummen und hässlichen Person wie ihr. Es kam aus tiefstem Herzen, ganz mühelos. Und als der Aufzug im Parterre hielt, stieg ich aus und brauchte noch geschlagene zwei Tage, bis mir bewusst wurde, wie traurig und schockiert sie da allein im Fahrstuhl stand.

Außerdem war ich kurz davor, über meine Balkonbrüstung zu klettern und zu springen.

Mit anderen Worten, wenn ich nicht schreibe, habe ich noch schwärzere Laune und bin noch unbeherrschter.

Darum denke ich, es ist trotz allem besser, wenn ich schreibe. Auch Solfrid habe ich vermisst. Sie ist mein kleines Sicherheitsventil. Gleich nachher werde ich wahrscheinlich ein neues Kapitel schreiben, in dem der Teufel sie noch mal gründlich auf den Arm nimmt, um es stubenrein zu sagen. Wie auch immer, es ist schön festzustellen, dass das Schreiben nicht das Problem ist. Wahrscheinlich ist es eher ein Teil der Lösung. Falls es denn eine Lösung überhaupt gibt.

Aus den letzten zehn Tagen ist zweierlei erwähnenswert.

Ich habe mir ein Puzzle gekauft. Und ich habe Constance und Psychogeir getroffen.

Erst das Puzzle. Gefunden habe ich es in dem neuen Einkaufszentrum an der Strandpromenade drüben beim Leuchtturm von Maspalomas. Es hat tausend Teile und zeigt zwei pummelige, als Eichhörnchen verkleidete Babys. Sie sitzen da voreinander und glotzen mit einer Mischung aus Schreck und Verwirrung in die Kamera. Die Eichhornkostüme sind groß und weich, die riesigen Schwänze ragen hinterm Rücken auf und gehen wieder bis zum Boden hinunter. Die Bäuche und das Innere der großen Ohren sind hell, der Rest besteht aus dunkelbraunem Kunstpelz. Boden und Hintergrund sind hellbraun. Ein grauenhaft geschmackloses Foto, nur ein kranker Mensch kann es aufgenommen haben. Mit anderen Worten, ich habe mir ein durch und durch braunes und scheußliches Puzzle angeschafft, das wird ein Ritt durch die Hölle. Und die Hölle ist genau das, was ich haben will. Zehn Euro hat es gekostet. Sicher eine der billigsten Höllen, die man für Geld kaufen kann.

Constance und Psychogeir bin ich gestern zufällig begegnet. Am frühen Vormittag lief ich zum FKK-Strand und mietete Liegestuhl und Sonnenschirm. Die Rentner waren schon an Ort und Stelle und sonnten ihre hausgroßen Bäuche und Möpse. Sie sehen so weich und lieb aus. Wie Plüschteddys. Sie haben auch dieselbe Farbe. Ich lag da und hörte zu, wie sie deutsch miteinander sprachen, und da wünschte ich mir, sie würden sich um mich kümmern, mich in den Arm nehmen und mir übers Haar streicheln. Irgendwann wurde mir bewusst, dass ich seit einiger Zeit nicht mehr geweint hatte, obwohl ich eigentlich ständig am liebsten weinen würde. Ich weiß nicht, wieso ich aufgehört habe zu weinen, vielleicht, weil es öde ist, alleine zu weinen. Schließlich weint man ja, um getröstet zu werden. Aber ich spürte, dass ich hier bei den Kuschelteddyrentnern weinen konnte, also weinte ich los und weinte lange. Schließlich schluchzte ich laut, und die beiden nächsten Frauen kamen zu mir und fragten auf Englisch, was denn wrong sei, und ich konnte nur eben sagen, everything, everything sei wrong, und dann weinte ich noch mehr, und die eine Frau, die braunste und teddymäßigste von allen, setzte sich auf meinen Liegestuhl und tat genau das, wonach ich mich am meisten sehnte, sie strich mir übers Haar und zischte ihren Mann weg, der fragte, was um alles in der Welt sie da tue, und sagte my child, my child, bis ich einschlief.

Als ich aufwachte, war die liebe Teddyfrau weg, ich hatte mir einen Sonnenbrand auf dem Fuß geholt und hörte die Stimmen von Constance und Psychogeir, die sich unterdessen auf Liegestühle in der Reihe hinter mir gelegt hatten. Mich gesehen hatten sie offenbar noch nicht und dachten folglich, sie könnten ungehindert norwegisch reden, da die meisten Norweger im Anfi waren und den 17. Mai feierten. Außerdem ist der FKK-Strand nicht das bevorzugte Ziel der Norweger hier unten. Nur merkwürdige Norweger wünschen splitternackt zwischen anderen nackten Menschen zu liegen, und merkwürdige Norweger fliegen an andere Orte als nach Gran Canaria, nämlich an merkwürdige Orte. Denke ich jedenfalls. Wie auch immer, ich lag da und lauschte heimlich, was Constance und Psychogeir erzählten. Es war zwar ganz normales verliebtes Geturtel, aber es war trotzdem nett. Constance sagte mehrmals, sie hätte nicht gedacht, dass Sex so gut sein kann, sie hätte das ganze Gerede über Sex immer für dumm und übertrieben gehalten, aber jetzt begreife sie, was alle meinten, außerdem fände sie es nervig, dass sie nicht völlig allein seien, und so weiter. Psychogeir kommentierte das mit wohligen Geräuschen, ungefähr wie eine schnurrende Katze. Als Constance kurz darauf sagte, sie müsse sich ein Pferd anschaffen, falls sie für immer hier blieben, sagte er sogar, warum nicht, so gut ging es ihm. Aber er sagte auch, in dem Fall sollte sie auf der Norwegischen Schule von Gran Canaria das Abi machen. Gut, wenn ich ein Pferd bekomme, mach ich das Abi, sagte Constance. Und sie meinte, irgendwann könnten doch auch ihre Eltern und ihre Schwester sie hier besuchen kommen. Sie ist so was von kindisch. Übrigens scheint Psychogeir hier zu arbeiten, in einer Clinica Scandinavica. Möglicherweise ist er auch Arzt. Wenn er als Arzt genauso panne ist wie als Psychiater, dann ist er eine öffentliche Gefahr. Ich sollte die Klinikleitung anrufen und warnen.

Ich hörte mir das eine gute halbe Stunde lang an, dann begann ich mich zu fragen, wie ich aus der Situation herauskommen sollte. Außerdem musste ich mal pinkeln. Schließlich wählte ich den direkten Weg. Ich steckte den Kopf über die Lehne des Liegestuhls, schaute die beiden direkt an und sagte hallöchen Popöchen. Sie waren völlig geplättet, aber Constance fing sich rasch, sprang auf und umarmte mich. Psychogeir seinerseits setzte sofort seine professionelle sorgenvolle Miene auf und wollte schon in seine Rolle als behandelnder Arzt zurückfallen und sich teilnahmsvoll erkundigen, wie es mir denn ging, aber ich zückte einfach den Zeigefinger, was absolut genügte, um ihn in seine Schranken zu weisen. Stattdessen fragte er also, ob ich schon lange da sei, und ich sagte, ja, ein paar Stunden, und er fragte, ob ich geschlafen habe, und ich sagte, ja, lange, aber nicht die letzte halbe Stunde oder so. Sie sahen einander an, und ich sagte, ich müsse mal aufs Klo. Gestern habe ich mit ihnen zu Abend gegessen. Constance findet es total cool, dass ich hier bin, Psychogeir ist etwas reservierter. Offenbar findet er es beklemmend, dass er aus mir nie klug geworden ist, während ich ihn gründlich durchschaut habe. Er steht sozusagen nackt und bloß vor mir. Constance hat davon natürlich keinen blassen Schimmer. Für sie ist Psychogeir eine Art Pferd, auf dem sie reiten und mit dem sie reden kann, das außerdem Geld hat und dem sie weder die Hufe auskratzen noch Wurmmittel einflößen muss. Es könnte ihr kaum besser gehen. Schön, sie so glücklich zu sehen. Sie hat ihr Leben voll unter Kontrolle, sie hat rote Wangen und ein ganz neues Strahlen in den Augen. Was für ein Paar. Die eine ist völlig außerstande, auch nur die einfachsten seelischen Mechanismen in anderen Menschen zu sehen, der andere ist dazu ausgebildet, in den seelischen Abgründen der Menschen zu forschen, aber wenn es darauf ankommt, begreift er nichts. Ich terrorisierte Psychogeir das ganze Essen über. Sobald er auch nur andeutungsweise auf mich und meine Probleme zu sprechen kam, hob ich den Zeigefinger, und er hielt den Schnabel. Manchmal hob ich den Finger auch, wenn er über ganz andere Themen redete, nur so, um ihn fertigzumachen. Ich richte ihn ab wie einen Wellensittich.

Bald frisst er mir aus der Hand. Constance verstand nicht, was ich mit meinem Finger wollte. Sie bemerkte es, aber sie verstand es nicht. Was machst du da mit deinem Finger, wenn Geir redet?, fragte sie schließlich. Psychogeir wollte sich nach dem Essen zurückziehen, aber ich fand, heute am 17. Mai sollten wir ausgehen und noch einen trinken, Constance fand das eine coole Idee, als wäre sie noch nie auf die Idee gekommen, dass man tatsächlich im wirklichen Leben ausgehen und ein Bier trinken könnte, also schleppte sie Psychogeir mit, und wir zogen durch ein paar der norwegischen und schwedischen Kneipen in der Gegend und tanzten und tranken und ließen nicht locker, bis Constance in einen unförmigen Keramik-Blumentopf kotzte, ein Gefäß, ganz ähnlich jenem Aschenbecher, den Keramik-Renate Mama und Papa zu Weihnachten schenkte, als sie mit Tom ging, kurz bevor Papa Tom dazu brachte, mit ihr Schluss zu machen. Immer sieht etwas einer anderen Sache ähnlich, und wenn man eine Zeit lang gelebt hat, auch wenn es nur achtzehn Jahre sind, ist man schon ganz gefangen von diesen Ähnlichkeiten und Erinnerungen an etwas, das einmal war. Eigentlich war ich rundum froh und glücklich, aber Keramik-Renates Aschenbecher machte mir den Abend kaputt und ich ging nach Hause, während Psychogeir das Erbrochene von Constances hübschem 17.-Mai-Kleid putzen musste. Im Hotel wollte ich mit dem Eichhornbabypuzzle anfangen, aber ich konnte die Eckstücke nicht finden und wurde sauer, aber dann musste ich doch grinsen, denn ganz offenbar war das Puzzle tatsächlich die Hölle, die ich erwartet hatte.

24. Mai
Bin viel mit Constance zusammen gewesen die letzte Woche. Mehr als nötig, um die Wahrheit zu sagen. Einerseits ist das ganz nett, aber ich kann nicht ich selbst sein, wenn ich mit ihr zusammen bin, denn wenn ich ich selbst bin, ist sie restlos verwirrt, sie denkt dann, ich mache Quatsch oder spinne. Zum Glück arbeitet Psychogeir tagsüber, also kriege ich ihn wenig zu Gesicht. Morgens jogge ich den Strand einmal runter, einmal rauf, dann bade ich, und während ich auf dem Balkon frühstücke und ein bisschen schreibe, verspreche ich mir selbst, dass ich versuchen werde, auch diesen neuen Tag zu durchleben, bis er vorüber ist. Gegen elf wacht Constance auf, und dann lassen wir uns irgendwas einfallen. Wir waren im Aqualand, sind eine bunte Wasserrutsche runtergesaust und haben riesige Würste von zweifelhaftem Geschmack gegessen, Gott allein weiß, was die hier in ihre Würste tun.

Außerdem haben wir in einem Gebirgstal im Inneren der Insel eine Raubvogelshow gesehen. Große Adler wurden losgelassen und flogen weit davon, bis sie winzige Punkte am Himmel waren, aber als ihre Pfleger Fleischbrocken hochhielten und mit den Armen winkten, kamen sie zurück. Die Adler brausten im Sturzflug nieder, direkt über unseren Köpfen, und landeten genau dort, wo sie sollten. Danach durften wir sie aus der Nähe betrachten. Ich rede hier von Adlern mit einer Spannweite von über zwei Metern. Es war gewaltig, und ich musste natürlich weinen, auch wenn Constance fand, das sei doch nicht zum Heulen.

Ein paar Tage später fuhr ich allein noch mal hin, um die Adler ungestört zu sehen. Von frühmorgens bis abends nach der letzten Show blieb ich da. Abwechselnd wurden

Raubvögel und sogenannte exotische Vögel vorgeführt. Die sogenannten exotischen Vögel sind bunt und niedlich, aber sie faszinieren mich viel weniger als die Adler und Falken und der Geier, der wirklich riesig ist. Ein Wunder, dass der überhaupt fliegen kann. Eine von den Pflegerinnen ließ einen Falken auf meinem Kopf sitzen. Aber die Adler sind einfach am tollsten. Ich träumte davon, dass der amerikanische Weißkopf-Seeadler mich mitnehmen und über das Tal hinaus fliegen und mich dann auf eine Felsenklippe schleudern würde, wie die Möwen es mit Taschenkrebsen tun, um sie zu knacken.

Nach der letzten Show blieb ich noch ein bisschen sitzen, und da kam die junge Frau, die mir den Falken auf den Kopf gesetzt hatte, zu mir. Sie sagte, sie hätte mich wiedererkannt, vom letzten Mal, als sie gesehen hatte, wie ich bei der Landung der Adler weinen musste, und sie hätte beim ersten Mal genauso reagiert. Ob ich mit nach hinten kommen und mir noch ein bisschen die Vögel ansehen wollte. Sie heißt Consuelo, ist ein paar Jahre älter als ich und kommt eigentlich aus Madrid, ist aber hier runtergezogen, um mit den Adlern zu arbeiten. Gestern und vorgestern habe ich mich abends mit ihr in den Bars von Playa del Inglés getroffen. Offenbar freunden wir uns gerade an. Ich habe ihr Dinge erzählt, von denen ich sonst nur geschrieben habe. Sie weiß zum Beispiel, dass ich schwanger bin. Abgesehen davon werden das bald alle wissen, die mich leicht bekleidet sehen. Constance sieht natürlich noch nichts, aber das passt mir gut. Außerdem habe ich Consuelo erzählt, wer der Vater ist, und ihr Bilder von ihm im Internet gezeigt. Als wir auf YouTube das Finale des 5000-Meter-Staffelrennens sahen, sagte sie, sie kann gut verstehen, dass ich seine Art, die Rennen zu gewinnen, erregend finde. Sie hat mir angeboten, bei ihr zu wohnen, wenn ich will, aber ich wohne lieber allein, und das kann sie verstehen.

Das Beste an Consuelo ist aber, dass sie einen Flugschein für Kleinflugzeuge hat und ich mal mit hochdarf. An den Tagen, wo sie nicht mit den Adlern auftritt, fliegt sie mit einem Flugzeug am Strand entlang und zieht ein riesiges Reklamebanner für eine Disco hinter sich her.

25. Mai
Es ist Nacht, ich sitze auf dem Balkon, in eine Decke gewickelt, es ist sternenklar und ich bin eben plötzlich aufgewacht, den klarsten Gedanken seit Langem im Kopf. Auf einmal weiß ich, was ich zu tun habe. Ohne einen Finger dafür zu rühren, ist in meinem Hinterkopf ein Plan entstanden, der es mir ermöglicht, auf eine komfortable Weise zu verschwinden. Dieser Plan hat mich aufgeweckt, weil er mir auf einmal klar vorm inneren Auge stand und ich einfach wusste, das ist es jetzt.

Er ist weniger spektakulär als der davor, im Gegenzug ist er leichter durchführbar und außerdem definitiv wirksam. Wenn ich ihn realisiere, gibt es keinen Weg zurück. Ich bin zugleich froh und etwas feierlich gestimmt. Der Plan ist eng mit Consuelo verknüpft, aber das wird sie nicht erfahren. Ehrlichkeit hat Grenzen. Es ist aber schön zu sehen, wie neue Menschen auch neue Möglichkeiten bedeuten. Solange ich immer nur für mich bleibe, bleibe ich in ewig denselben widergekäuten Gedanken hängen, doch nach gerade mal ein paar Treffen mit Consuelo taucht dieser Plan wie von selbst auf, und ich fühle mehr Energie als seit Langem. Mag sein, der Plan ist ein wenig umständlich, aber ich habe mittlerweile gelernt, dass die Dinge gründlich vorbereitet werden wollen. Was Zeit braucht, braucht eben Zeit. Aber ich muss es tun, bevor mein Bauch zu groß wird. Im Netz habe ich gesehen, dass ein acht Wochen alter Embryo 1,6 Zentimeter lang ist und ein Gramm wiegt. Etwas so Kleines kann ich nicht wirklich ernst nehmen. In einer Sache, die so wichtig ist, kann ich ihm oder ihr kein Mitbestimmungsrecht zugestehen. Aber in weiteren acht bis zehn Wochen sieht die Sache schon anders aus, da nähert er sich allmählich Hamstergröße. Das bedeutet, wenn ich es tue, dann muss ich es davor tun. Sonst fühle ich mich als Unmensch. Tom und ich hatten einen Hamster namens Tore. Der kleine, süße Tore. Als wir einmal auf der Fahrt zu unserer Hütte auf einem Rastplatz Pause machten, rannte er weg. Tom und ich waren völlig verzweifelt, aber Mama dichtete eine Geschichte, von wegen, Tore würde es im Wald viel besser haben, da war er zu Hause und konnte hingehen, wo er wollte, er würde groß und stark werden und der König des Waldes. Damit beruhigte sie uns nach einer Weile. In Wirklichkeit hat wahrscheinlich die nächste Eule Tore gefrühstückt.

26. Mai
Heute habe ich zwei Ecken von meinem Puzzle gefunden und über zweihundert Teilchen in leeren Joghurtbechern nach Farbe sortiert. Mit anderen Worten, ich bin dran. Außerdem habe ich mir ein größeres Stück Pappe und Spezialkleber besorgt. Ein Puzzle wie dieses legt man nur einmal. Jedenfalls ich. Wenn ich denn vor *dem großen Flug* fertig werde. So nenne ich meinen Plan jetzt, *der große Flug*. Ich könnte ihn auch *der letzte Flug* nennen. Aber *der große* klingt besser. Ich freue mich, dass mein Plan einen

Namen hat. Der letzte hatte keinen, vielleicht ist das ein Grund dafür, dass er schiefging.

27. Mai
War mit Consuelo im Flieger und habe gut aufgepasst. So ein Kleinflugzeug zu fliegen wirkt nicht besonders schwierig. Man checkt das Funktionieren des Leitwerks, dann startet man den Motor per Knopfdruck, rollt in aller Ruhe auf die Startbahn, wartet das Signal vom Tower ab, gibt Gas und zieht das Lenkrad oder wie das Ding heißt vorsichtig zu sich heran, und schwupps! ist man oben. Consuelo hat mich ein paarmal steuern lassen. Es gelang mir, das Flugzeug stabil zu halten, und ich schaffte sogar eine weit geschwungene Wende, ohne an Höhe zu verlieren. Um keinen Verdacht zu wecken, tat ich so, als würde ich mich für die Landung ebenso interessieren wie für alles andere, aber wenn/falls der große Tag kommt, genügt es mir, in die Luft zu kommen.

Consuelo findet es cool, dass ich schwanger bin. Wenn ich sage, dass es allerdings gerade nicht so passt, sagt sie, es passt ja eigentlich nie so ganz, und besser, man fängt früh an, dann ist die Chance besser, eine große Familie aufzubauen, und große Familien sind gut. Das kann nur einer sagen, der seine Familie nicht bei einem Flugzeugabsturz verloren hat. Überhaupt wird mir immer deutlicher, wie allein ich wirklich bin. Wie es einem geht, der von einem Unglück betroffen ist, das wird ein Außenstehender nie begreifen können. Gesunde können sich nicht vorstellen, wie es ist, krank zu sein, und für Leute, die gern leben, ist der Wunsch zu sterben ganz unfassbar. So ist es einfach. Wir können Mitgefühl zeigen und versuchen, andere zu trösten, aber wenn wir weitergehen, schieben wir das Böse beiseite und leben unser eigenes Leben. Anders geht es auch gar nicht. Ich glaube, Schmerz lässt sich nicht teilen. Wenn das möglich wäre, wäre es ja auch für die unerträglich, die selbst nichts Schlimmes durchmachen müssen, und dann würden wir wahrscheinlich aufhören, uns fortzupflanzen, und das wär's dann.

30. Mai
Wenn der Plan funktionieren soll, muss ich Consuelo genauso austricksen wie Psychogeir. Einerseits ist es leichter als bei ihm, weil sie weder Verdacht hegt noch eine Ahnung hat, wie es eigentlich um mich steht, andererseits ist es auch schwieriger, denn sie ist eine Art Freundin. Ich habe mich ihr in der kurzen Zeit ziemlich geöffnet und mag sie und möchte sie nicht betrügen. Ich muss psychisch stabil und sozial gefestigt wirken. Ich sollte Consuelo und vielleicht auch Psychogeir und Constance zu irgendwas einladen, dann muss ich fröhlich wirken und überdies aufpassen, mich nicht durch meine Fragen zu verraten, wenn ich mit Consuelo im Flugzeug sitze. Ich denke, es ist besser, wenn ich alles ganz genau beobachte, als wenn ich so frage, dass sie am Ende noch begreift, was ich vorhabe. Jetzt bin ich zweimal mit ihr geflogen und denke schon, ich müsste das Flugzeug allein in die Luft bekommen, aber ich will noch warten, bis ich besser weiß, wie ich zum Flugzeug hinkomme, ohne aufgehalten zu werden. Und ich weiß nicht, ob die Flugzeuge nachts betankt sind. Danach muss ich mal ganz unauffällig fragen. Vielleicht wenn wir einen miteinander trinken.

31. Mai
Beim Friseur in einer Ausgabe vom *National Geographic* einen langen Artikel gelesen, Secrets of living longer. Bewegung und Olivenöl und Fisch und dunkle Schokolade. Völlig untauglich. Secrets of living shorter, das wäre was. Viel zu wenige wagen zu sagen, dass das Leben unerwünscht sein kann.

1. Juni
Heute Nachmittag habe ich alle zu mir auf den Balkon eingeladen und muss noch alles Mögliche vorbereiten und wollte eigentlich schon vor einigen Stunden am Strand joggen gehen, aber ich liege immer noch im Bett. Ich komme nicht hoch. Meine Gedanken halten mich zurück. Das klingt jetzt fürchterlich pompös und pubertär, aber genau so ist es. Aus irgendeinem Grund denke ich auf einmal, dass alles nur Denkbare gleichzeitig auf der Welt geschieht und man immer nur ein Teil von dem sein kann, was man selbst erlebt. Aber alles geschieht, die ganze Zeit. Möglicherweise ist das anderen als mir ganz klar und sie haben schon ihren Frieden damit gemacht, aber mir wurde auf einmal so deutlich, dass immer irgendwo Nacht ist und irgendwo Tag, irgendwo Morgen und irgendwo Abend, und immer wird jemand geboren und andere sterben, es schlafen welche miteinander, manche lachen, andere weinen, andere warten auf etwas oder arbeiten. Immer. Und zwar heute genauso wie gestern und an jedem denkbaren Tag in jedem denkbaren Jahr. Und wenn ich diesen Gedanken auf kleinere Einheiten reduziere, auf Augenblicke, dann wird mir ganz schwindlig, dann denke ich, genau jetzt, während ich im Bett liege und durchs Zimmer zur Balkontür schaue,

die ein wenig offen steht und die Sonne ins Zimmer lässt, erleben andere den schlimmsten Moment ihres Lebens, manche leiden Todesangst und werden in der nächsten Sekunde grausam umgebracht, also genau jetzt, oder jetzt, wieder andere erleben schöne Dinge, sie bekommen ein kleines Kind in den Arm gelegt, oder jemand, von dem sie gestern noch glaubten, er würde solche starken Gefühle nicht erwidern, streicht ihnen zärtlich über den Rücken, und wieder andere, wahrscheinlich die meisten, tun Dinge, an die sie sich morgen um dieselbe Zeit kaum mehr erinnern, weil sie nichts Besonderes sind, sondern sich in die Reihe all der Dinge einfügen, die wir tagtäglich tun oder tun müssen.

Der heutige Tag ist alle Tage. Und alle Augenblicke sind jetzt. Warum um alles in der Welt sollte ich aufstehen? Gerade jetzt wirkt das alles auf mich ganz furchtbar kompliziert und unübersichtlich, aber es wird wahrscheinlich damit enden, dass ich demnächst doch aufstehe.

2. Juni
Ich musste mich wirklich zusammenreißen, um mit anderen zusammen sein zu können. Ich fühlte mich, als würde ich in einem Tunnel sitzen und die anderen nur verschwommen im Ausgang des Tunnels tausend Meter weiter hinten sehen und hören. Eigentlich war das ein Tag, den ich am liebsten in Embryostellung zusammengekauert verbracht hätte. In der Zeit nach dem Absturz hatte ich viele solcher Tage. Aber ich glaube eigentlich nicht, dass meine Gäste was davon mitbekommen haben. Ich habe gut gelernt, eine andere zu sein, als ich wirklich bin, und das ist einer der Gründe, aus denen ich nicht mehr will. Raul,

der in der Hotelküche arbeitet, kam hoch und brachte Tapas, und auf der Straße hatte ich einen Akkordeonspieler aufgesammelt, der für hundert Euro zwei, drei Stunden spielte. Mit anderen Worten, die Stimmung war ziemlich klasse. Außerdem hatte ich mir einen neuen Rock gekauft, in dem ich ausgesprochen gut aussah. Vielleicht übertreibe ich ja die Tarnmaßnahmen, aber es ist mir einfach wichtig, dass niemand ahnt, was eigentlich in mir vorgeht. Ich sehe schon ein, gerade das sorgt dafür, dass ich mich noch einsamer fühle als nötig, aber obwohl ich das einsehe, ändere ich nichts daran, und das liegt glaube ich daran, dass ich nicht von anderen beeinflusst werden möchte, denn das würden sie jedenfalls versuchen, aufgrund ihres eigenen begrenzten Erfahrungshorizontes, und das kann ich nicht brauchen. Das Einzige, das vielleicht helfen könnte, wäre, jemand anderem zu begegnen, der seine ganze Familie verloren hat. Aber solchen Leuten begegne ich nicht. Das liegt gewiss daran, dass sie für sich bleiben wollen oder erfolgreich den Tod gesucht haben. Man kann sagen, was man will, das ist das einzig Vernünftige.

Natürlich waren Constance und Psychogeir eingeladen, dazu Consuelo und zwei Adlerkollegen von ihr, ein Typ und eine junge Frau, außerdem zwei Männer in den Dreißigern, mit denen ich vor einem Hangar auf dem Flugplatz zusammengesessen und eine geraucht hatte. Ich glaube, sie leiten den Kleinflugzeugverein. Jedenfalls rollen sie die Flugzeuge aufs Feld und machen sie fertig und so weiter. Der eine heißt Luis und der andere, glaube ich, Yago, ich bin mir fast sicher. Beide haben ein Auge auf mich geworfen, aber Luis liegt vorn, er hat gesagt, ich kann jederzeit zum Flugplatz rauskommen und mitfliegen oder einfach rumhängen und mir alles anschauen. Ich weiß nicht, was

Consuelo ihm erzählt hat, aber entweder tue ich ihm leid oder er ist einfach scharf auf mich.

Psychogeir machte sich ganz gut. Er scheint sich so langsam ein bisschen zu entspannen. Wahrscheinlich hat er begriffen, dass ich ihm nichts tue, solange er seine misslungenen Behandlungsversuche nicht wieder aufnimmt oder mich mit irgendwelchen Fragen nervt. Constance unterhielt sich viel mit Consuelos Kollegen. Ich weiß nicht mehr, wie er heißt, aber er sieht aus wie ein sehr geheimnisvoller und verschlossener Adlermensch, ganz der Typ, der Constance beeindruckt, einer, der ihre Liebe zur Tierwelt teilt und sie ganz sicher mit einer Art Glauben daran mischt, dass es etwas Größeres als den Menschen gibt, das aber nicht notwendigerweise Gott zu sein braucht, und so weiter. Constance liebt so was, und nachdem sie über eine Stunde lang mit dem Adlerfuzzi geredet hatte, machte Psychogeir ihr eine Szene, wie man so sagt, denn er war eifersüchtig und hatte ganz gut was getrunken. Ich freute mich, dass meine Einladung durch eine Szene bereichert wurde und dass nicht ich dafür sorgen musste. Ich trank selbst auch nicht wenig und tanzte mit Luis und Yago und sogar mit Psychogeir, und hinterher gingen wir aus und tranken und tanzten noch mehr. Alkohol beeindruckt mich immer noch. Ich kann gar nicht genug davon bekommen. Vor ein paar Tagen habe ich ein bisschen im Netz rumgesurft und dies und das über Alkohol gelernt. Offenbar trinken wir da Kohlenstoffatome, die mit anderen Kohlenstoff- und Wasserstoffatomen verbunden sind, und der Winkel zwischen ihnen beträgt 109 Grad. Lauter für mich völlig nutzlose Informationen. Das Einzige, was man zu wissen braucht, ist ja, dass man davon betrunken wird. Die Birne hackebreit sogar, dann und wann.

3. Juni
Neuerdings ruft Krzysztof nachts öfter an. Er sagt, er entdeckt immer neue Sachen in Haus und Garten, die er reparieren oder verbessern kann, außerdem macht er lange Ausflüge mit Finch Hatton in den Wald. Er gibt sich Mühe, so zu wirken, als ob er guter Dinge sei, aber wenn ich direkt nachfrage, gibt er zu, dass er sich vielleicht ein bisschen einsam fühlt. Manchmal fragt er, ob ich wohl bald nach Hause komme, und wenn ich antworte, dass ich das nicht vorhabe, wird er ziemlich still. Dass er nachts anruft, ist kein gutes Zeichen, finde ich, und bei den letzten Gesprächen hatte ich den Eindruck, er will mir etwas sagen, rückt aber nicht heraus damit. Mit anderen Worten, ich habe den Verdacht, er denkt, ich wäre eine Art mögliche Partnerin, also im romantischen Sinn, und das traut er sich nicht zu sagen, weil er vermutet, dass das für mich undenkbar ist. Undenkbar ist das für mich zwar eigentlich nicht, der Gedanke ist theoretisch möglich, aber ich bin noch nie darauf gekommen, also ist es sozusagen nicht undenkbar, aber ungedacht. Aber nichts gegen Krzysztof. Er sieht gut aus und ist ehrgeizig und wirkt fürsorglich und liebevoll, aber mit meinem Leben habe ich schließlich andere Pläne. Und es stresst mich, wenn ich aus seinem Schweigen die Erwartung heraushöre, ich solle sagen, dass ich nach Hause komme und es sicher nett wird. Für solche Gedanken habe ich weder Platz noch Bedarf. Ich muss mich auf mein Vorhaben konzentrieren. Einmal bin ich schon damit gescheitert, okay, aber wenn das noch mal passiert, wird es langsam grotesk. Das würde einen Teufelskreis eröffnen, in dem es mir immer wichtiger wird, es zu schaffen, und zugleich würde es immer unwahrscheinlicher, dass ich mich traue, es zu versuchen.

5. Juni
Heute hat Psychogeir mir an der Rezeption ein selbst gebackenes Roggenbrot hinterlegt. Mit einer Schleife drum rum und mit einem Zettel, auf dem er sich entschuldigt, dass er bei meiner Einladung eine Szene gemacht hat. Der Mann muss dringend mal zum Psychologen.

6. Juni
Heute mit Luis in einem Schulflugzeug nach Teneriffa rübergeflogen. Sind dort gelandet, haben ein Schinkensandwich gegessen und auf dem Rückflug eine Runde bis zur marokkanischen Küste gedreht. Ich habe Afrika gesehen. Musste mich beherrschen, uns nicht über die Sahara zu lenken. Es ist zwar sicher gegen die Regeln, aber Luis ließ mich in Teneriffa fast allein starten, er hat nur ein bisschen an seinem Steuerknüppel gezogen, weil ich nicht genug an meinem zog, und sagte, das könnte ich schnell lernen, falls ich interessiert sei. Unterwegs fragte er, ob ich denn keine Flugangst hätte nach dem, was mit meiner Familie passiert ist. Consuelo hat es ihm erzählt. Eigentlich auch egal. Ich habe nur Angst, dass Leute, wenn sie das wissen, denken, jetzt müssen sie unheimlich vorsichtig mit mir sein, aber bei Luis scheint das nicht so zu sein. Ich sagte wahrheitsgemäß, ich hätte keine Flugangst, eher das Gegenteil, sondern wäre am liebsten immer in der Luft, weil ich mich da Tom und Mama und Papa näher fühle. Er sagte, ich sollte Ballon fahren oder mit dem Paraglider fliegen, da hätte man irgendwie noch näheren Kontakt mit dem ursprünglichen und authentischen Fliegen (er sagte autentico, und ich mochte das Wort). Dass kein Motorengeräusch da ist, gibt einem etwas Besonderes, sagte er, man hört den Luft-

strom und spürt ihn auf der Haut. Es ist vogelartiger. Ich weiß aber nicht, ob ich unbedingt vogelartiger sein möchte. Es gefällt mir, dass ein Flugzeug Wände und Sitze hat und daher mehr oder weniger wie ein Zimmer wirkt. Jedenfalls von innen. Es schafft die Illusion von Sicherheit. Jedes Mal, wenn ein Flugzeug abstürzt, wird diese Illusion zerstört. Ich sehne mich danach, dass sie zerstört wird. Vielleicht sehne ich mich danach am meisten: dass die Illusion von Sicherheit zerstört wird. Für mich ist das schon zu einem großen Teil passiert, und dann können alle anderen Illusionen auch den Berg runtergehen, eine nach der anderen oder alle auf einmal, mit einem riesigen, unwiderruflichen Knall. Erst dann nämlich kommt man dem etwas näher, das wirklich autentico ist.

Nach der Landung hat Luis versucht, mich zu küssen. Ich sagte streng, in der Luft dürfe er mich auf die Wange küssen. Ich kann schon verstehen, warum er's versucht hat. Sicher denkt er, die Kombi von spanisch und Flieger ist attraktiv. Wahrscheinlich wäre er beleidigt, wenn ich sage, dass mich nur das Fliegen interessiert. Das würde weniger Flugmöglichkeiten bedeuten. Das kann ich nicht riskieren. Consuelo arbeitet diese Woche nämlich besonders viel bei den Adlern. Der eine Adler brütet, alle sind gespannt, wie es ausgeht, denn das ist in Gefangenschaft offenbar nicht so einfach usw., das kann ich gut verstehen. Ich würde mich in Gefangenschaft auch nicht vermehren wollen. Ich würde mich am liebsten überhaupt nicht vermehren, aber ich konnte ja nicht wissen, dass der Olympiameister im Kurzbahnrennen über zeugungsfähige Spermien verfügte. Aber nun, passiert ist passiert, also bräuchte ich mich Luis gegenüber nicht so anzustellen. Er ist ja wirklich niedlich und hilfsbereit. Wenn er mir beibringt, richtig zu starten, darf er mit mir schlafen. So entgegenkommend kann ich schon mal sein. Auf dem Sofa mit den Ölflecken in der Ecke des Hangars mit jemandem wie mir zu schlafen wäre sicher ein Höhepunkt in seinem Leben, und das gönne ich ihm. Habe ich nicht geschrieben, ich wollte lernen, etwas großzügiger zu sein? Weiß nicht mehr. Vielleicht hab ich das nicht geschrieben. Aber gedacht habe ich es, da bin ich ziemlich sicher.

7. Juni

Den ganzen Tag gepuzzelt. Ich will fertig werden, bevor ich *den großen Flug* antrete. Dann hinterlasse ich etwas, angesichts dessen die Leute sich fragen können, wer ich eigentlich war. Den Solfrid-Text lege ich auch dazu. Ich habe es vielleicht noch nicht erwähnt, aber er ist fertig. Mit ihr ist es völlig bergab gegangen, direkt in die Hölle. Das Tagebuch nehme ich mit. Es verschwindet mit mir. Es wäre sentimental, es hier im Hotelzimmer liegen zu lassen. Die Leute würden es für eine Art Abschiedsbrief halten, in dem ich mein Handeln erkläre. Aber so läuft das nicht. Ich habe mein Leben gelebt, bis ich Opfer einer Tragödie wurde und die Lust zum Weitermachen verlor. Nichts weiter zu erklären. Das sollte niemanden überraschen. Aber in das Puzzle bin ich gut reingekommen. Hab links unten angefangen und schon den größten Teil des einen Eichhornbabys sowie die untere Partie des anderen geschafft. Wirklich eine total langweilige Beschäftigung. Alles ist braun, jedes Teil sieht aus wie das andere, und wenn es mal fertig wird, ist das Motiv immer noch beschissen. Sinnlos.

8. Juni
Bin mit Luis geflogen, er ließ mich wieder steuern, ich hab das gut hinbekommen, und hinterher hab ich mit ihm auf dem Sofa mit den Ölflecken geschlafen. War eigentlich ganz okay. Für ihn war's wie Weihnachten und Ostern auf einmal. Als ich unaufgefordert den Rock hochzog und mich auf das Sofa legte, wollte er seinen Augen erst nicht trauen. Er war so froh, so froh, dass ich fast selbst froh war, ihn so froh zu machen.

Danach war er so in Fahrt, dass er vorschlug, wir könnten ja mit Consuelo und Yoga, ich meine Yago, und vielleicht auch noch mit Constance und Psychogeir am Samstag nach Lanzarote fliegen. Lustig, er denkt, Psychogeir heißt wirklich Psychogeir, und ich freue mich, wenn ich höre, wie er ihn so anspricht. Er sagt es ja auch sehr süß und spanisch. Auf Lanzarote gibt es offenbar ein Stück erstarrte Lava, auf dem man landen kann. Da fliegt der Kleinflugzeugverein manchmal hin und grillt und schläft in Zelten, sagt Luis. Als er »Zelt« sagte, sah er mich so an. Kaum hat er seinen Willen bekommen, überlegt er schon, wie er noch mehr kriegen kann. Kommt mir zwar aufwendig vor, extra eine Menge Leute zu mobilisieren und auf eine andere Insel zu fliegen und ein Lager aufzuschlagen und zu grillen und alles Mögliche, nur für irgendwann mal zehn Minuten zwischen meinen Beinen, aber vielleicht ist das ja seine Art zu denken. Mann zu sein wirkt so einfach. Vielleicht hätte ich als Mann anders auf meine Geschichte reagiert. Vielleicht hätte ich den ganzen Schmerz wegvögeln können.

9. Juni
Lauftag und Puzzletag, und dazwischen habe ich mentale Übungen zur Durchführung meines Plans gemacht. Ich muss in die Luft kommen und ostwärts fliegen, bis das Benzin ausgeht, irgendwo über der Sahara, so sehe ich es. Jetzt habe ich es viele Male im Geiste durchgespielt, und diesmal muss es einfach klappen.

11. Juni
Gestern sind wir nach Lanzarote geflogen, und als die anderen baden gingen, sagte ich, ich hätte Kopfweh (eine idiotische Ausrede, die stets auf Verständnis stößt), dann nahm ich die Steine weg, mit denen Luis die Räder des Fugzeugs blockiert hatte, und setzte mich rein, aber es war ein anderes Flugzeug als sonst, etwas größer, die Instrumententafel war weniger überschaubar, und ich traute mich dann doch nicht. Ich dachte, besser, ich warte den richtigen Moment ab, als dass ich es vielleicht nicht schaffe, also stieg ich wieder aus und tat die Steine zurück. Nur ein paar Sekunden darauf kam Luis zurück, um nachzusehen, ob meine Ausrede vielleicht bedeutete, dass ich mit ihm allein sein wollte. Aber das traf ja nicht zu. Später grillten wir und tranken Wein, und als es Zeit war, ins Bett zu gehen, erfand ich ein Spiel, durch das festgelegt wurde, wer mit wem in einem Zelt schlief. Die anderen fanden das nicht so toll, aber ich konnte sie überreden und das Spiel so manipulieren, dass ich mit Consuelo schlief und Constance mit Yago und Psychogeir mit Luis, und kurz vorm Einschlafen hörte ich, wie Luis im anderen Zelt Psychogeir auf schlechtem Englisch seine Not klagte und Psychogeir zu ihm sagte, er solle mir bloß nicht trauen, denn ich sei gestört und zu

allem Möglichen imstande, und Luis wurde still und nachdenklich, und dann dankte er Psychogeir für die Warnung, er sagte, gracias, Psychogeir, und Psychogeir sagte, er heiße eigentlich nicht Psychogeir, sondern nur Geir. Ich bekam einen Lachanfall und musste ins Kissen beißen, um das Geräusch zu dämpfen. Mitten in der Nacht bekam Consuelo eine SMS von den Adlerfreunden, das erste Adlerküken sei geschlüpft, aber die Mutter würde es nicht annehmen. Da konnte Consuelo nicht mehr einschlafen, weckte uns alle vor Morgengrauen und bestand darauf, dass wir zurückflogen. Psychogeir war es sowieso ausgesprochen unrecht, dass Constance im selben Zelt geschlafen hatte wie Yago, aber er traute sich nicht, eine Szene zu machen, weshalb eine miese, angespannte Stimmung herrschte. Alles in allem ein etwas merkwürdiger Ausflug, den man als nicht besonders gelungen bezeichnen könnte.

12. Juni
Hatte Probleme, mich zum Fortsetzen des Puzzles zu motivieren. Und bin durchaus nicht so weit gekommen wie kürzlich hier behauptet. Das war gelogen. Ich habe längst noch kein Viertel geschafft. Und es war Angabe, dass ich eine Hölle haben will. Vielleicht will ich das, aber keine langweilige Hölle. Eine höllische Hölle, das ja. Aber nicht so was wie das hier. Seit Tagen denke ich, es ist dumm, das Puzzle nicht fertig zu machen, jetzt denke ich auf einmal, das ist im Gegenteil sogar gut. Sagen wir mal, ich hätte achtzig Jahre zu leben gehabt, wenn alles gut gegangen wäre. Achtzig Jahre, das sind etwas mehr als 29 000 Tage. Mit anderen Worten, ich hätte alle 29 Tage ein Teilchen des Puzzles legen und auf diese Weise bis zum Tod das ganze Puzzle schaffen

können. Jetzt rechne ich natürlich nicht mit ein, dass ich als Kind nicht so ein kompliziertes Puzzle hätte legen können. Ich meine es ja nur theoretisch. Nach dieser Logik hätte ich bis zum heutigen Tage 228 Teilchen gelegt. Ungefähr so weit bin ich tatsächlich. Ziemlich elegant und völlig ungeplant. Fast könnte ich auf den Gedanken kommen, es hätten sich höhere Mächte eingemischt, aber falls du das bist, Gott, brauche ich ein deutlicheres Zeichen. Das hier kann immer noch Zufall sein. Mein Interesse ist erregt, aber ich bin nicht überzeugt. Immerhin, das Muster gefällt mir, denn so brauche ich erst in 29 Tagen das nächste Puzzleteilchen unterzubringen. In 29 Tagen bin ich aber nicht mehr hier. Darum ist es richtig, das unfertige Puzzle auf dem Tisch meines Hotelzimmers zu lassen. Es ist angefangen, ein gutes Stück weit gediehen, doch nicht so gut, dass man das fertige Motiv erkennen kann. Genau wie mein Leben. Als ich diesen Zusammenhang begriff, fiel mir ein Stein vom Herzen. Noch so ein paar Steine, und ich hebe ab.

13. Juni
Ich hab Luis noch mal ranlassen müssen. Sonst hätte ich keinen Zugang mehr zum Flugzeug bekommen. Bin mit dem Bus zum Flugplatz raus, um mich mit ihm auszusprechen. Als er mich sah, zuckte er zusammen. Natürlich hält er mich wegen Psychogeirs Warnung jetzt für gefährlich. Zum Glück sehe ich aber nicht im Geringsten unheimlich aus, und so brauchte ich nur einen Quadratzentimeter Haut oberhalb des Knies zu entblößen, schon war Luis Feuer und Flamme, und ich landete rücklings auf dem fleckigen Sofa. Ein paar Minuten, bevor er kam, fragte ich, ob die Flugzeuge nachts betankt sind. Er sagte ja, und zwar für

den Fall, dass der Kleinflugzeugverein nachts ausrücken muss, wenn sich jemand in den Bergen verlaufen hat oder so. Und dann sagte er noch unaufgefordert, die Schlüssel zu den Flugzeugen würden in einem Schränkchen im Büro verwahrt, der Schlüssel zum Hangar selbst in einem Blumentopf vor der Tür. Der Vorsitzende des Kleinflugzeugvereins hat nämlich Alzheimer und darf nicht mehr fliegen, er hängt noch oft im Hangar rum, aber er kann sich nie merken, wo die Schlüssel sind. Nun bringt es niemand übers Herz, ihm zu erzählen, dass er nicht mehr Vorsitzender sein kann, und die Mitglieder wählen ihn Jahr für Jahr erneut und machen seine Arbeit lieber mit und finden die Idee mit dem Blumentopf eigentlich eher lustig. All das erzählte er mir in schlechtem Englisch, unterbrochen von leisem und lautem Stöhnen und Grunzen. Verblüffend, wie viel man mitteilen kann, obwohl es mit den Sprachkenntnissen nicht zum Besten steht und die Situation alles andere als ideal ist. Das finde ich interessant. Das könnte ich mal untersuchen. Allerdings werde ich demnächst mit dem Flugzeug abstürzen. Gran Canaria wirkt aber wirklich wie eine warme, gute Gemeinschaft, finde ich. Vielleicht sind ja überall Leute mit Alzheimer am Ruder. Luis merkte gar nicht, was für seltsame Fragen das waren, und bald darauf stöhnte er laut und lange und hatte das Gespräch längst vergessen. Timing ist superwichtig im Leben. Davon hängt wirklich alles ab.

14. Juni

Consuelo ist eifersüchtig auf Luis und mich. Sie hat gemerkt, was hier läuft, kam in mein Zimmer gerannt und verlangte dramatisch, ich müsse mich zwischen Luis und ihr entscheiden. Ich hatte wirklich nicht gewusst, dass sie solche Gefühle für ihn hat, und versuchte ihr klarzumachen, dass das Vorgefallene mir nichts bedeutete, sie mir das längst hätte sagen müssen und sie Luis gern für sich haben könne, aber sie war immer noch sauer und schimpfte mich eine Hure und so weiter, aber dann weinte sie ein bisschen und beruhigte sich und erzählte, dass das frischgeschlüpfte Adlerküken immer noch nicht von seiner Mutter angenommen wurde und alle Vogelpfleger fürchteten, es könne jederzeit sterben. Mir kam es fast so vor, als würde sie sich vor allem wegen dieser Adlersache aufregen, und Luis wäre mehr ein Vorwand. Diese dramatischen Spanier. Danach brachte sie mir ein Kartenspiel bei, von dem ich null Komma nichts begriff, und ging. Dass man immer begreifen soll, was die Leute fühlen und denken, ohne dass sie einen Pieps sagen, finde ich kompliziert und eigentlich eine Zumutung. Das werde ich nicht vermissen.

16. Juni
In den letzten Tagen ist Krzysztof mutiger geworden. Er fragt ganz unumwunden, ob ich nicht nach Hause kommen und seine Liebste werden kann. Er blättert in unseren Fotoalben. Er findet, ich war ein süßes Kind. Aber auch eine hübsche Erwachsene. Ich bin das netteste Mädchen, das er kennt, er denkt Tag und Nacht an mich, und so weiter. Das wird langsam ein bisschen schwierig. Er kann fühlen, dass es mir nicht gutgeht, sagt er, und will mir gern helfen. Du musst mich in dein Leben reinlassen, sagt er. Let me into your life. Darum bittet er pro Gespräch mehrmals. Es klingt wie ein Refrain, ich habe schon gesagt, er soll sich eine Melodie dazu einfallen lassen, aber er meint, sein

Ehrgeiz liegt nicht in der Musik, sondern im Fliesenlegen, und er bekniet mich, ihn nächsten Herbst zur Handwerkerolympiade in Japan zu begleiten, stell dir doch vor, wir beide in Japan, sagt er immer wieder, you and me, Julie. Offenbar hat er in der Schule Französisch gehabt, denn er spricht meinen Namen französisch aus, und ich merke, wie mir davon die Knie ein bisschen weich werden.

17. Juni
Habe wieder angefangen, nachts zu joggen. Trainiere das Überklettern von Zäunen. Für *den großen Flug* muss ich nämlich den Stacheldrahtzaun vom Flugplatz überwinden. Habe im Film gesehen, dass man das Risiko, sich zu verletzen, mindern kann, indem man ein Stück schweren Stoff darüberwirft. Wahrscheinlich genügt die Bettdecke aus dem Hotel. Und ich nähe mir einen Tarnanzug aus einem Zelt, das ich im Einkaufszentrum gekauft habe. Einen Gameboy hab ich übrigens auch gekauft und ein paar Spiele. Nicht, dass ich das brauchen würde, aber der Verkäufer war so fantastisch. Ich kam ein paarmal an seinem Laden vorbei, und immer machte er mir verständlich, dass er bereit war, mir alles nur Denkbare zu verkaufen, SIM-Karten, Ferngläser zur Vogelbeobachtung, Minifernseher, lauter so Zeugs, und als ich zum dritten Mal vorbeikam, ließ ich mich reinlocken und er erklärte mir, wie die verschiedenen Geräte funktionieren und wie sie hergestellt werden, er verglich die verschiedenen Marken, und mir wurde ganz warm und heimelig zumute, während er redete. Hunderte elektronische Geräte lagen hinter den Glastüren, alles war so rein und sauber, ich war beeindruckt und wollte nicht, dass sein Einsatz am Ende ganz für die Katz war, also kauf-

te ich ihm ein paar Kleinigkeiten ab. Natürlich versäumte er nicht, mir zu erklären, dass das alles eigentlich viel mehr wert sei, als ich zahlte, nur weil ich ich sei, das machte er bei Weitem nicht für jeden, aber für mich schon, weil ich traurig aussehe. Er sagte auch, junge Frauen wie ich sollten nicht traurig, sondern fröhlich sein, und vielleicht würde es mir ja ein bisschen gegen die Traurigkeit helfen, wenn ich spielte.

18. Juni
Hab Gameboy und Spiele einem Mädchen geschenkt, das ich heute Morgen im Frühstücksraum sah. Ihr Vater kam und brachte die Sachen zurück, er sagte in schlechtem Deutsch-Englisch, das Mädchen, sie hieß Angela, könne so etwas Wertvolles nicht von einer Fremden annehmen. Ich sagte, ich hätte keine Hintergedanken dabei, ich wäre froh, wenn sie die Sachen behalten dürfe. Aber er blieb dabei, und ich musste ihm eine Lüge auftischen, von wegen, ich hätte das alles als Geschenk für ein Mädchen gekauft, das jetzt zu krank zum Spielen sei, es sei nicht mal sicher, ob sie diese Woche überlebte, und dann machte ich ein paar Sekunden lang meine Rehaugen, was ihn natürlich sofort umstimmte, und er bedankte sich artig. Schade, dass man erst lügen muss, um etwas Nettes tun zu dürfen. Das sollte nicht so sein. Andererseits war es ja nicht völlig gelogen. Leider.

19. Juni
Es fasziniert mich, dass Angehörige und Freunde von Leuten, die sich das Leben genommen haben, manchmal sagen,

es habe keinerlei Anzeichen dafür gegeben, das etwas nicht in Ordnung war. Bis zum Schluss habe alles ganz normal gewirkt. So wird die Tragik noch deutlicher, und es entsteht etwas Geheimnisvolles, das sich nie wird ergründen lassen. Die Hinterbliebenen müssen sich damit abfinden, dass es keine echte Erklärung dafür gibt. Die Beweggründe der Toten werden auf ewig ungeklärt bleiben. Wenn ich noch Angehörige hätte, würde ich es nicht tun, um ihnen die Hölle auf Erden zu ersparen, aber da meine Angehörigen tot sind, habe ich dieses Problem nicht und bin frei zu tun, was ich will.

Möglicherweise wird Krzysztof hinterher behaupten, er habe gespürt, dass etwas nicht stimmt, aber mit ihm wird wahrscheinlich niemand reden. Constance und Psychogeir werden sagen müssen, dass sie es nicht haben kommen sehen. Consuelo und Luis ebenso. Hinweise darauf zu geben, wie es in mir aussieht, wäre gleichbedeutend mit Hilferufen, aber ich will keine Hilfe, also muss ich die Maske aufbehalten und mich darauf konzentrieren, falsche positive Signale auszusenden, aber nicht so positive, dass es seinerseits wieder Verdacht wecken würde. Also heißt es den Mund halten. Ich überlegte, die nächsten Tage viel auszugehen und Bier zu trinken und mit so vielen Leuten wie möglich über dies und das zu reden, vielleicht begeistert von Zukunftsplänen zu erzählen, die ihnen hinterher völlig absurd vorkommen würden. Warum um alles in der Welt Zeit darauf verwenden, irgendwen so zu beschummeln? Das kann ich nicht beantworten. Aber warum auch nicht? Solange es mir irgendwie Spaß macht.

20. Juni
Vor Morgengrauen lief ich zum Aqualand, kletterte über den Zaun und setzte mich ganz oben auf die höchste Wasserrutsche. Das erste schwache Licht erschien über Afrika, und ich hatte das Gefühl, ich würde in einem Film über mich selbst mitspielen. Der menschenleere Vergnügungspark war auf einmal ich. Ich war ein geschlossenes, menschenleeres Aqualand. Überall Wasserrutschen, eigentlich bunt und verlockend, jetzt aber blassgrau im Dämmerlicht. Das Wasser war noch nicht angestellt, deswegen waren die Rutschen nicht benutzbar. Alles voll potenziellem Spaß, aber keine Farben, kein Wasser. Ich tat mir wahnsinnig leid und hoffte, dass der Film bald fertig würde.

21. Juni
Heute Nacht rief Consuelo an und erzählte, dass die Adlermutter ihr Kleines doch noch angenommen hatte. Das müssten wir feiern, fand sie. Na klar doch, gern. Ich mach gern bei allem Lustigen mit, dann können die Leute hinterher sagen, Julie wirkte normal und war immer für jeden Spaß zu haben.

Später rief auch Krzysztof noch an. Erst freute er sich, dass das Adlerküken offenbar gerettet ist, dann war er traurig und getroffen, weil ich sagte, er sei nicht mein Typ. Ich dachte, besser, ich sage das ganz direkt. Es tat mir weh, das zu sagen, auch, weil es nicht stimmt. Ich mag ihn immer mehr, aber da ich weiß, dass einer von uns beiden demnächst nicht mehr am Leben sein wird, wäre es verkehrt, das Verhältnis warmzuhalten. Er muss was aus seinem Leben machen. Er soll sich in sein tolles Auto setzen und nach Polen fahren und sich eine Freundin suchen. Ich plane, ihm ein bisschen Geld zu hinterlassen, als Entschädigung für alles, was er wegen mir durchmachen musste und noch muss.

22. Juni
Bin mit Consuelo geflogen, sie hat mich ganz allein starten lassen. Ich musste ganz schön gegensteuern, um das Flugzeug stabil im Wind zu halten, hatte aber zum ersten Mal das Gefühl, dass ich wirklich fliege. Jetzt bin ich sicher, dass ich es schaffen werde. In ein paar Tagen kann ich meinen Plan durchführen. Muss nur erst noch ein paar praktische Sachen erledigen.

23. Juni
Hab einen Brief an Papas Anwaltskanzlei geschrieben und darum gebeten, das Haus samt Einrichtung und Autos möglichst schnell zu verkaufen, meistbietend, und aus dem Erlös eine Stiftung namens Julies Stiftung für Suizidale einzurichten. Das Geld soll so angelegt werden, dass es Zinsen trägt und pro Jahr acht bis zehn Stipendien in Höhe von 50 000–100 000 Kronen finanziert. Ich wünsche, dass einer von Papas Exkollegen zusammen mit einem Exsuizidalen (den sie selbst finden müssen) das Antragskomitee bildet und diese beiden die Anträge nach Eingang bescheiden. Fristen sind witzlos, denn ich nehme an, die Lust zu leben oder zu sterben ist weniger an Jahreszeiten gebunden. Dazu legte ich eine Liste von Kriterien an, die erfüllt sein müssen, damit ein Antrag bearbeitet wird. Es genügt z. B. nicht, ein bisschen runter zu sein. Man muss dokumentieren, dass man seit Längerem deprimiert ist und professionelle Hilfe

gesucht hat. Das Geld darf nicht für Selbstmordzubehör verwendet werden, sondern zu allem, das die Situation für den Suizidalen erträglicher machen könnte. Man kann reisen, sich Freunde oder ein Pferd oder einen Hund kaufen oder ein Musikinstrument oder was auch immer. Man darf mehrmals Anträge stellen, und ein Jahr nach Zuerkennung muss man einen Bericht liefern, wozu das Geld verwendet wurde und ob es hilfreich war. Das Problem mit so einer Stiftung ist vielleicht, dass eine Ablehnung einen Selbstmordkandidaten zur Tat schreiten lässt, als Tropfen, der das Fass zum Überlaufen bringt, aber man kann ja unmöglich alle retten. Das ist auch nicht wünschenswert. Wer wirklich sterben will, soll sterben dürfen. Für die aber, die glauben, sie wünschen zu sterben, aber tief drinnen weiterleben möchten, dürfte es nicht dramatisch sein, wenn sie kein Stipendium bekommen.

Krzysztof soll den BMW plus eine Million Kronen kriegen. Den BMW hat er ja schon, aber ich weiß nicht, ob die Zulassung und all das schon komplett ist, also habe ich es zur Sicherheit erwähnt. Er hat sich schon so an den Wagen gewöhnt, glaube ich.

Krzysztof soll auch Finch Hatton bekommen, wenn er denn will. Und Papas schönstes Paar Skier. Habe ich geschrieben. Und wenn ich rausgehe und den Brief abschicke, schön ordentlich als Einschreiben, muss ich mich danach im Grunde nur noch von Consuelo und Constance und Psychogeir verabschieden. Natürlich ohne dass sie es bemerken.

Jetzt ist der Brief weg. Hübsche Quittung. Die Angestellte sagte, er dürfte so in vier, fünf Tagen in Oslo sein.

24. Juni
Habe heute mit niemandem gesprochen. Nur auf dem Balkon gesessen und übers Meer geschaut. Ich fühle mich abgeklärt, bin ganz kühl, wenn ich an das denke, was ich tun werde. Dasselbe Gefühl wie beim ersten Versuch im Januar. Ich bin weder traurig noch niedergeschlagen, auch nicht fröhlich oder munter. Die Gefühls- und die Gedankenarbeit sind getan, jetzt steht die eigentliche Arbeit an, und da ich nicht mit Hilfe rechnen kann, muss ich alles selbst erledigen. Kann nicht mehr abwarten und Tee trinken. Hab viel darüber nachgedacht, was man alles tun könnte, darüber, was ich tue und nicht tue. Jeder Tag besteht aus enormen Mengen an Bewegungen und Gedanken. Irgendwie sind Gedanken auch Bewegungen. Nur dass man sie nicht sehen kann. Aber im Kopf drin bewegt sich was. Ich sende Signale aus und empfange welche. Schon lange vorm Frühstück habe ich Tausende Muskelbewegungen vollführt und Millionen von Informationsströmen im Hirn herumgeschickt. Ich räkele mich im Bett und kratze mir die Wange und fahre mir mit der Hand durchs Haar und blicke im Zimmer umher und stelle die Füße auf den Boden und gehe aufs Klo, und obwohl »gehe aufs Klo« nur drei Wörter sind, muss man unglaublich viel entscheiden und koordinieren und bewegen, damit das Ganze funktioniert. Es wirkt so leicht, man vergisst schnell, dass dieses eingespielte Bewegungsmuster auch zu etwas anderem genutzt werden kann. Man kann das Muster durchbrechen. Mit derselben Selbstverständlichkeit, mit der man aufs Klo geht, kann man über ein Brückengeländer steigen und sich fallen lassen. Die Bewegungen und Informationsströme im Hirn sind dieselben. Heb den Fuß an, greife mit der Rechten zu, zieh dich hoch, lass los, schrei. Es heißt, wir würden

nur einen Bruchteil unserer Gehirnkapazität nutzen, ich weiß nicht, ob das stimmt, jedenfalls führen wir nur einen Bruchteil der Bewegungen aus, zu denen wir imstande wären. Wir bewegen uns innerhalb eines sehr kleinen und sicheren Universums, in dem wir immer wissen, welche Zusammenhänge von Ursache und Wirkung herrschen. Sobald wir uns außerhalb des gewohnten Musters bewegen, wird es gefährlich. Ich bin stolz, dass ich das Muster bald durchbreche und verschwinde, weil ich etwas tue, das ich noch nie getan habe. Mit einer neuen Erfahrung schließe ich alles ab. Sie kostet mich das Leben, aber das ist es wert. Denke ich jedenfalls.

25. Juni
Da ich wohl niemals gefunden werde, kann man mich auch nicht begraben. Ich weiß nicht genau, ob ich das schade finde. Vielleicht nicht. Ich hoffe nur, sie nehmen zu Hause nicht am Ende einen leeren Sarg und veranstalten eine kirchliche Beerdigung.

Was tut man in den Sarg, wenn der Tote unauffindbar ist? Irgendwas muss ja hinein, sonst wird der Sarg zu leicht, komisch leicht wahrscheinlich. Vielleicht wird auf dem Markt ein spezielles Material angeboten, das sich nach Bedarf portionieren lässt, um das Gewicht und vielleicht sogar die Form des Toten nachzuahmen. Das werde ich nie erfahren.

Ertrage derzeit nicht viele Störungen, also hatte ich in den letzten Tagen das Handy ausgeschaltet, aber als ich es anmachte, um die anderen zum Abschiedsfest einzuladen, sah ich, dass Krzysztof vierzehn Mal angerufen hat. Ganz schön oft, finde ich. Der arme Krzysztof. Er denkt, es liegt an ihm, aber das stimmt ja nicht. Manchmal genügt es einfach nicht, okay zu sein. Das bringt sowieso nichts. Ich war beispielsweise lange nett und freundlich und tat anderen so gut wie nie was an, das sie mir auch nicht antun sollten. Dennoch ist das Flugzeug abgestürzt. Nettsein hilft nichts. Das muss Krzysztof noch lernen.

26. Juni
Hab im Laden eine Norwegerin kennengelernt. Ragna. Sie wohnt seit sechs, sieben Jahren hier unten, hat Rheuma und ein Waffeleisen, das ich ausleihen kann. Folglich gibt es heute Nachmittag ein Waffelfest auf dem Balkon. Das wird ein schöner Abschied. Waffeln satt. Man könnte meinen, Waffeln passen nicht so ganz zu mir, aber weit gefehlt. Ich kann Mamas Rezept auswendig, jede Einzelheit, und denke viel öfter an Waffeln, als ich beim Schreiben erwähne. Hoffe nur, dass das Waffeleisen taugt. Waffeln müssen außen knusprig und innen weich sein. Für Waffeln, die innen und außen weich sind, hab ich nichts übrig. Die Leute haben wenig Ahnung von Waffeln und lassen sich wer weiß was vorsetzen. Der schlimmste Fehler ist, einen Berg Waffeln zu backen und zu servieren, wenn alle fertig sind. Dann sind nur noch die zwei, drei obersten präsentabel. Man muss sie alle vor den Gästen backen und eine nach der anderen ausgeben. Zwischen Fertigstellung und Verzehr dürfen nur Sekunden liegen. Das ist das Schöne an Waffeln. Sie leben so kurz. Eigentlich sind sie für Restaurants und Cafés, wo sie oft stundenlang unter Plastik oder Plexiglas rumliegen, ungeeignet. Dann sind sie keine Waffeln mehr. Dieses Thema fasziniert mich.

Geglückte Einladung. Dieselbe Bande wie zuletzt plus Ragna. Alle saßen am Tisch und tranken Bier und Wein, ich buk Waffeln und verteilte sie gegen den Uhrzeigersinn, wie Mama immer. Alle futterten, so viel sie konnten. Das Waffeleisen war fast drei Stunden lang in Betrieb, bis dahin hatten die meisten einen Kleinen sitzen, und jede einzelne Waffel bekam die verdiente Aufmerksamkeit. Es gab Beifall für die perfekten, die genau richtig gebackenen Waffeln, die nicht besser hätten sein können. Hält man eine frisch gebackene Waffel am Rand hoch, so muss sie ihr eigenes Gewicht tragen können, aber nur gerade so, und wenn man sie bricht, muss sie innen noch einen Rest Elastizität haben. Das nenne ich eine Waffel. Ich freue mich, denn es ist mir gelungen, die Einladung so durchzuführen, dass die Anwesenden sich noch lange an mich und die Waffeln erinnern werden. Übrigens trank ich den ganzen Nachmittag nur alkoholfreies Bier. Wäre ja bescheuert, betrunken mit einem Kleinflugzeug loszugurken. Dämlich, wenn es misslingt, weil man nicht konzentriert genug ist. Consuelo und Luis verhalten sich, als würden sie demnächst ein Paar. Ein schöner Anblick. Das Adlerküken wächst und gedeiht, erzählte sie. Constance trank auch keinen Alkohol, und ich dachte ein-, zweimal, dass sie vielleicht auch schwanger ist, aber so dumm kann doch nicht mal Psychogeir sein. Dann ist der Spaß vorbei, bevor er richtig begonnen hat. Constance braucht kein Baby, um sich wohlzufühlen, das Einzige, was sie braucht, ist ein Pferd. Man sollte meinen, solche elementaren Zusammenhänge lernt man im ersten Semster Psychologie. Aber bei Psychogeir überrascht mich nichts mehr. Ragna war auch total süß. Wahnsinnig begeistert von den Waffeln. Wahrscheinlich hat sie seit bald achtzig Jahren jede Menge mangelhafte Waffeln gebacken, und dann erlebt sie so was. Ich musste ihr das Rezept und die Zubereitungsweise Punkt für Punkt aufschreiben. Seltsamer Gedanke, dass das so gut wie das einzige Geschriebene ist, das mich überleben wird.

27. Juni
Dies hier ist das Letzte, was ich schreibe. Ich habe nicht geschlafen, sondern gewartet, bis der Moment gekommen ist, zum Flugplatz zu gehen. Jetzt ist es drei Uhr früh, und ich denke, in einer halben Stunde ist es so weit. Ich nehme ein Taxi und sage zum Fahrer, dass ich einen Frühflug nehme. Stimmt ja sogar. Ich habe eine kleine Strandtasche mit ein paar Flaschen Wasser und Nüssen gepackt. Will im Flugzeug sitzen und Nüsse essen und auf Afrika runterschauen, bis es kracht.

Gerade jetzt spüre ich sehr stark, dass Tom und Mama und Papa zu mir herunterschauen, dass sie gespannt alles verfolgen. Vielleicht glaube ich nicht, dass sie lesen können, was ich schreibe, aber sie ahnen wohl, dass etwas passieren wird. In ein paar Stunden bin ich mit ihnen vereint, wo auch immer sie sein mögen. Ich glaube, das wird gut. Jetzt ist es genug. Thank you for all – not.

Möglicherweise immer noch Juni
Scheiße! Scheiße! Scheiße! Scheiße! Scheiße! Scheiße!
Scheiße! Scheiße! Scheiße! Scheiße! Scheiße! Scheiße!
Scheiße! Scheiße! Scheiße! Scheiße! Scheiße! Scheiße!
Scheiße! Scheiße! Scheiße! Scheiße! Scheiße! Scheiße!
Scheiße! Scheiße! Scheiße! Scheiße! Scheiße! Scheiße!
Scheiße! Scheiße! Scheiße! Scheiße! Scheiße! Scheiße!
Scheiße! Scheiße! Scheiße! Scheiße! Scheiße! Scheiße!
Scheiße! Scheiße! Scheiße! Scheiße! Scheiße! Scheiße!
Scheiße! Scheiße! Scheiße! Scheiße! Scheiße! Scheiße!
Scheiße! Scheiße! Scheiße! Scheiße! Scheiße! Scheiße!
Scheiße! Scheiße! Scheiße! Scheiße! Scheiße! Scheiße!
Scheiße! Scheiße! Scheiße! Scheiße! Scheiße! Scheiße!
Scheiße! Scheiße! Scheiße! Scheiße! Scheiße! Scheiße!
Scheiße! Scheiße! Scheiße! Scheiße! Scheiße! Scheiße!
Scheiße! Scheiße! Scheiße! Scheiße! Scheiße! Scheiße!
Scheiße! Scheiße! Scheiße! Scheiße! Scheiße! Scheiße!
Scheiße! Scheiße! Scheiße! Scheiße! Scheiße! Scheiße!
Scheiße! Scheiße! Scheiße! Scheiße! Scheiße! Scheiße!
Scheiße! Scheiße! Scheiße! Scheiße! Scheiße! Scheiße!
Scheiße! Scheiße! Scheiße! Scheiße! Scheiße! Scheiße!
Scheiße! Scheiße! Scheiße! Scheiße! Scheiße! Scheiße!
Scheiße! Scheiße! Scheiße! Scheiße! Scheiße! Scheiße!

Wie es aussieht, habe ich es wieder nicht geschafft zu sterben. Ich weiß nicht, wie sich das Totsein anfühlt, restlos sicher kann ich nicht sein, aber ich kann mir kaum vorstellen, dass ich tot sein soll. Ich sitze im Schatten des Fliegers, der sich halb in den Sand gebohrt hat. Die Tasche mit den Wasserflaschen und den Nüssen und dieses Tagebuch habe ich immer noch. Dazu etliche Wunden und blaue Flecken und außerdem meine Gedanken. Ich denke immer noch. Es wäre ja ein grausamer Scherz von Gott (immer noch nicht vom lieben Gott! Weniger lieb denn je!), wenn der Tod darin bestehen würde, dass alles mehr oder weniger wie davor weitergeht. Dass man immer noch man selbst ist, mit denselben Gedanken und Sehnsüchten. Das wäre die Hölle. Aber vielleicht ist das ja schlicht und einfach die Hölle? Bis auf Weiteres will ich mal glauben, dass ich noch lebe. Und das ist eine Riesenscheiße! Außerdem ist es heiß. Die Hitze unterstreicht sozusagen die Demütigung, dass ich es schon wieder nicht geschafft habe. Ich weiß nicht, wie viel Zeit vergangen ist, aber ich bin vor ein paar Stunden im Flieger aufgewacht, mit einer verschorften Wunde auf der Stirn, aber sonst provozierend intakt. Das dürfte eigentlich nicht sein. Wer mit dem Flugzeug abstürzt, ist tot. Nur ich nicht, natürlich. Als würde jemand sein Spiel mit mir treiben.

Vielleicht Juli

Ich hätte auch einfach ins Meer steuern können, aber natürlich habe ich nicht die einfachste Lösung gewählt. Ich musste ehrgeizig und besonders sein, und vor allem musste ich nach Afrika. Und jetzt zahle ich den Preis dafür. Das Wasser ist fast alle, es sind nur noch ein paar Nüsse übrig, und genau in dem Moment, in dem mir klar wird, dass die Niederlage nur von kurzer Dauer sein kann, da ich in ein paar Tagen sowieso verdurste, genau in dem Moment spüre ich zum ersten Mal, dass ich wirklich sauwütend werde. Stinkewütend. In dieser Sandhölle sterben, das ist das Letzte, was ich will.

Ziemlich sicher Juli
Ich habe im Flugzeug eine Notration gefunden. Unterm Rücksitz. Ein paar Kekse und Schokolade und ungefähr zehn Liter Wasser. Und eine Taschenlampe und ein Erste-Hilfe-Set. Hab auch versucht, das Funkgerät zu bedienen, kriege aber nur Rauschen rein. Ich weiß nicht, wo ich bin, aber ich weiß, dass ich es nicht geschafft habe, direkt ostwärts zu fliegen, wie ich eigentlich wollte. Ich hatte genug damit zu tun, das Flugzeug in der Luft zu halten. Es schlingerte hin und her, ich wurde sehr nervös und es lief absolut nicht so, wie ich gedacht hatte. Wahrscheinlich flog ich in südlicher Richtung, denn ich sah ziemlich lange die Küste. Dann flog ich ins Inland und dachte schon, jetzt bin ich mitten in der Wüste, aber dann kam wieder die Küste in Sicht. Und als das Benzin alle war, glitt ich einfach langsam hinab. Einen Sturzflug hinzulegen traute ich mich nicht. Stattdessen kniff ich feige die Augen zusammen und kauerte mich auf den Rücksitz, umklammerte den Kopf mit den Armen und zog die Knie zur Brust. Und rief um Hilfe. Und dann krachte es und alles wurde dunkel.

Ganz sicher Juli

Hab eine Höhle unterm Flugzeug gebuddelt. Ein Stück unter der Oberfläche ist es schon weit weniger heiß. Hier liege ich jetzt und tue nichts. Habe immer noch sechs, sieben Liter Wasser. Denke, ich muss in der Nähe des Flugzeugs bleiben, wenn es eine Chance geben soll, dass ich gefunden werde. Vorausgesetzt, ich werde gesucht, aber warum sollte das jemand tun? Ich kann ja sonst wo sein. Am wahrscheinlichsten auf dem Meeresgrund, denken sie sicher. Kaum jemand dürfte annehmen, dass ich noch lebe. Tu ich aber. Und nicht nur ich. Sondern auch derjenige, der sich in mir befindet. Das ist jetzt klar. Gestern war mir, als ob ich was spürte. Er hat sich bewegt. Oder sie. Es hat sich bewegt. Ein absurdes Gefühl. Dass jemand, den es nicht gibt, sich in meinem Bauch bewegt. Ich könnte die ganze Zeit nur noch heulen. Fühle mich hilflos. So war das nicht gedacht. Vorher hatte ich die Kontrolle. Jetzt nicht mehr, und ich kriege sie wahrscheinlich nie wieder, denke ich.

Nächster Tag

Versuche, mich nicht zu bewegen, um Energie zu sparen. Hab ein paarmal versucht, das Funkgerät zu bedienen. Einmal dachte ich, ich höre so was wie eine Stimme, aber ich war nicht sicher. Fürchte, die Batterie könnte bald alle sein. Hab eine Karte über Teile von Nordafrika gefunden, und nachdem ich den Flug mehrmals im Kopf durchgegangen bin, glaube ich, ich bin irgendwo im Süden von West-Sahara oder in Mauretanien. Wahrscheinlich ist es gar nicht so wahnsinnig weit bis zum Meer. Ich hab ja auch nicht allzu lange vor der Bruchlandung die Küste gesehen. Glaube ich. Aber zur Küste gehe ich nicht, das wäre das Allerletzte.

Fragt sich allerdings, ob das nicht besser wäre, als hier zu liegen. Nichts wird geschehen. Niemand hat auch nur den geringsten Grund zu der Annahme, dass ich hier bin. Ich warte vergebens. Habe noch vier oder fünf Liter Wasser. Und sechzehn Kekse.

Nächster Tag
Hab beschlossen aufzubrechen. Sehe ja ein, dass es unmöglich sein dürfte, bis zur Küste zu kommen, will es aber trotzdem versuchen. Hab den Kompass von der Instrumententafel abgerissen. Er scheint zu funktionieren. Wenn das mit der Sonne stimmt, von wegen im Osten beginnt sie ihren Lauf, im Süden nimmt sie ihren Lauf, im Westen wird sie untergehn, dann zeigt der Kompass in die richtige Richtung. Das Meer müsste genau westlich liegen. Nehme das Tagebuch mit. Ich möchte nicht mehr, dass es mit mir untergeht. Es soll gefunden werden, die Menschen, die mich kennen, sollen erfahren, was ich gedacht habe. Ich wollte sterben, schaffte es aber nicht, und jetzt, wo ich leben will, werde ich doch sterben. Das ist tragisch und sinnlos, und vielleicht kann es anderen zur Warnung gereichen. Ich mache noch einen letzten Versuch mit dem Funkgerät, dann ziehe ich los, gleich nach Sonnenuntergang.

Kurz bevor die Batterie ausfiel, hörte ich ganz deutlich eine Stimme auf Spanisch etwas sagen. Ich antwortete auf Englisch und sagte mehrmals meinen Namen und die Nummer, die auf der Seite des Flugzeugs steht, und dass ich in der Nähe der Küste bin, im Westen der Sahara, denn das halte ich für das Wahrscheinlichste. Zu idiotisch, dass ich das nicht genauer weiß. Ich weiß nicht, wie lange ich geflogen bin, ich kenne nicht die Geschwindigkeit und die Reichweite von so einem Flugzeug. Ich wollte ja sterben. Da denkt man nicht an so was. Wenn man sterben will, denkt man anders, als wenn man leben will. Ganz anders. Das weiß ich jetzt. Ich weiß überhaupt viel, das ich vorher nicht wusste.

An Ahn Hyun-Soo: Es tut mir leid, dass ich mich so verhalten habe, dass weder du noch ich eine Chance haben, den kleinen Menschen kennenzulernen, der unterwegs ist.

An Constance: Ich habe dich schlecht behandelt und hoffe, du kannst mir das vergeben.

An Krzysztof: Es tut mir weh, daran zu denken, was alles anders hätte sein können, wenn ich nicht so dämlich gewesen wäre. Ich dachte, ich wäre anders als alle anderen, die mit dem Leben hadern und es beenden wollen, ohne dass das nötig wäre. Aber ich war nicht anders als sie. Ich habe mich selbst nur noch gründlicher belogen. Ich hoffe, du gewinnst nächstes Jahr in Japan. Ich hätte mich in dich verlieben können.

An Tom und Mama und Papa: Ich hab schon zweimal gesagt, ich komme, bin aber nicht gekommen, aber jetzt ist es fast sicher. Dumm nur, dass ich diesmal eigentlich nicht will. Ich möchte hier bleiben. Auf der Erde. Zusammen mit den anderen. Ich will leben. Und ich will, dass dieses Kind lebt. Früher oder später komme ich ja doch zu euch. Jetzt gerade stehen die Chancen so, dass es nicht mehr besonders lange dauert. Wenn ihr eine Möglichkeit zum Eingreifen habt, dann tut etwas. Zeigt mir den Weg zum Meer. Ich will nicht sterben. Ich will zur Küste. Ich will zu Menschen. Ich will leben.

An alle anderen: Ich wünsche euch alles Gute. Verurteilt mich nicht zu hart. Ich glaubte das Richtige zu tun.

Jetzt geht die Sonne unter.

Nächster Tag
Ging die ganze Nacht lang westwärts und grub mich wieder zum Schlafen ein, als es hell wurde, wachte aber nach einer Weile wegen der Hitze wieder auf. Die Sonne stand senkrecht über mir. Nicht das kleinste bisschen Schatten. Ich deckte mich ganz mit Sand zu und hatte viele Stunden lang nur einen kleinen Kanal zum Luftholen. Es ging besser, als ich dachte, aber Wasser habe ich nur noch für einen Tag. Wenn ich heute Nacht also nicht die Küste erreiche, ist es fraglich, wie lange ich noch durchhalte. Jetzt geht die Sonne bald unter. Habe einen Skorpion gesehen. Er durchwanderte mein enges Gesichtsfeld, als ich im Sand eingegraben war. Ich dachte, das könnte doch ein gutes Zeichen sein, denn es bedeutete, dass es hier doch wenigstens irgendetwas anderes als Sand gibt, aber es kann genauso gut ein schlechtes Zeichen sein. Ich habe keine Ahnung von Skorpionen. Vielleicht genügt es denen, wenn sie nichts als Sand um sich herum haben. Ich habe die restlichen Kekse gegessen. Wenn man im Sand vergraben reglos daliegt, wird man merkwürdig. Ich hatte vielleicht gedacht, ich würde sehr klar im Kopf werden, aber ich habe den ganzen Tag keinen klaren Gedanken fassen können. Im Gegenteil, ich habe Selbstgespräche geführt und mich mit dem da in meinem Bauch unterhalten. Und Lieder gesungen. So ist man weniger einsam. Fühle, dass ich dem in meinem Bauch das Leben wegnehme. Ein Leben, das gut hätte werden können. Oder schlecht. Das weiß man ja nie.

Die Sache ist aber, dass es nicht bei mir liegen dürfte zu entscheiden, ob er oder sie die Chance zu eigenen Erfahrungen bekommen soll. Falls ich überlebe, werde ich nie wieder etwas für irgendwen entscheiden. Jedenfalls nichts Wichtiges. Das Leben von dem in meinem Bauch könnte ja sowohl gut als auch schlecht werden. Wie meines. Erst gut, dann schlecht. Oder umgekehrt. Ich würde umgekehrt wählen. Oder gut, dann schlecht und dann wieder gut. Für mich könnte es sogar darauf hinauslaufen. Aber dann muss ich jetzt losgehen und in ein paar Kilometern das Meer sehen, spätestens nach zehn, höchstens zwanzig Kilometern. In der Wüste zu wandern ist mühsam. Was für eine groteske Erfindung. Nichts als eine Riesenmasse Sand. Brauchen wir so was? Ist es zu etwas gut? Besonders übel ist es, wenn man nur ein paar winzige trockene Kekse gegessen und sechs Schluck Wasser getrunken hat. Ein letzter Versuch: Lieber Gott (ich geb's auf, ich schreibe »Lieber«, mit großem »L«), lass mich zu Menschen kommen. Lass mich nicht sterben. Lass uns nicht sterben. Dafür kannst du doch sicher sorgen. Dafür kannst du doch verdammt noch mal sorgen! Wenn nicht, taugst du nicht mehr als ein Stück Scheiße. Amen.

Noch ein Tag

Bei Tagesanbruch kam ich zu einem kleinen Gebirgszug. Hier oben gibt es Schatten. Und ich sehe die Küste. Ich sehe das Meer, aber es graut mich, hinunterzugehen. Ich fürchte, ich trinke dann Salzwasser. Außerdem muss ich schlafen. Ich dachte, die Küste wäre die Rettung, aber ich sehe keine Bebauung, keine Menschen, keine Boote, nichts, womit ich ein Feuer machen könnte. Wahrscheinlich ist das das

Ende. Ich kann nicht darauf warten zu verdursten. Das ist zu grausam. Aber ich kann zum Strand runtergehen und losschwimmen. Ich werd mal drüber schlafen. Aber ich bin schon ziemlich schwach. Ich muss es tun, bevor ich zu schwach zum Gehen bin.

Ich habe geschlafen, in ein paar Stunden wird es dunkel. Brauche jetzt meine letzten Kräfte, um zum Strand zu kommen. Ich werde meine Kleidung und das Notizbuch an einen Ort legen, wo irgendwann vielleicht jemand beides findet, und dann losschwimmen. Ein paar von den Comics, die Tom las, endeten damit, dass Leute ins Meer hinausschwammen und verschwanden. Auf der letzten Seite konnte man sehen, wie die Figur langsam immer weiter ins Wasser geht, und auf dem letzten Bild war nur noch Wasser. Solche Schlüsse gefielen mir nie, aber Tom gefielen sie, und mir gefiel nicht, dass sie ihm gefielen. Als ich sterben wollte, fühlte ich mich oft stark und unbesiegbar. Das ist jetzt nicht der Fall. Aber alles ist besser als zu verdursten. Die Vorstellung ist mir unerträglich, mehrere Tage vor mich hinzusterben, mit wundem Hals und trockenen Lippen, und dabei allmählich verrückt zu werden. Alles hat seine Grenzen. Außerdem habe ich kein Recht zu jammern. An allem bin ich selbst schuld. Es tut mir leid, dass es so gekommen ist, aber so ist es nun mal, und ich kann nur noch die Zähne zusammenbeißen.

Zum letzten Mal: Tom und Mama und Papa, hier komme ich.

5. August
Hier geht so einiges vor.

Hatte beschlossen, nichts mehr zu schreiben, aber jetzt schreibe ich doch, wenn auch mit großer Gefahr, sentimental zu werden. Wahrscheinlich hatte Papa Angst vor Sentimentalität, als er sagte, Leute wie wir schreiben nichts, wir sollten wohl nichts Persönliches verraten, uns nicht entblößen, sondern angepasst und stromlinienförmig sein, aber für mich gilt das nicht mehr. Diese Grenze habe ich schon lange überschritten, und ich kann wohl kaum noch sentimentaler werden als bisher, folglich kann ich ohne Weiteres schreiben. Ich bin gerettet worden, ich lebe, und nachdem die Ärzte erst dachten, der Aufenthalt in der Wüste hätte dem Kind geschadet, sagen sie jetzt, es müsste eigentlich alles in Ordnung sein. Ich bin wohl auf dem Weg zum Strand zusammengebrochen, und am Tag danach hat mich ein Fahrer gefunden. Auf einer Straße, die von oben nicht einsehbar gewesen war. Außerdem wurde nach mir gesucht. Die Funksignale meines Flugzeugs waren empfangen worden, und dann hatte man den Herkunftsort angepeilt. Natürlich kommen manche Fragen auf, nach göttlichem Eingreifen oder Zufall und so was, aber darum kümmere ich mich später. Ich bin immer noch ziemlich erschöpft und benommen. Die Ärzte sagen, ich sollte weder lesen noch schreiben, aber das entscheide ich selbst. Ich liege in Las Palmas im Krankenhaus, es ist 29 Tage her, dass ich zum letzten Mal etwas geschrieben habe, und von jetzt ab werde ich jeden 29. Tag etwas aufschreiben und zugleich ein Teilchen meines Eichhornzwillingspuzzles legen. Das Puzzle mache ich fertig. Ich werde achtzig Jahre alt. Das ist das einzig Sichere. Alles andere soll gehen, wie es will.

Krzysztof ist jetzt seit mehreren Wochen hier. Er hat akzeptiert, dass ich schwanger bin, aber nicht von ihm. Anfangs fand er das schwierig, aber mittlerweile findet er es sogar ein bisschen cool, dass ich mit dem besten Kurzbahnläufer der Welt geschlafen habe. Wenn ich entlassen werde, gehe ich mit Krzysztof nach Gdansk.

6. September
Wir wohnen in der Plattenbauwohnung von Krzysztofs Eltern, kaufen aber gerade von dem Geld, das Krzysztof von mir bekommen hat, ein Haus. Eine Million Kronen sind in Polen eine Menge Geld. Ich arbeite ein bisschen im Friseursalon von Krzysztofs älterer Schwester Halina, ansonsten gehe ich mit Finch Hatton spazieren; Krzysztof ist nach Oslo gefahren und hat ihn bei Constances Eltern abgeholt. Sie grüßen mich lieb, hat er gesagt, und Constance ist tatsächlich auch schwanger und hat ein Pferd bekommen und geht jetzt auf die Norwegische Schule von Gran Canaria. Papas Kollege war dieser Tage hier unten und wollte mich umstimmen wegen der Stiftung für Suizidale, aber ich lasse mich nicht umstimmen. Ich will auch das Geld vom Hausverkauf nicht wiederhaben. Andere brauchen es mehr als ich. Geld kommt mir wie das Allerunwichtigste vor, und falls es hier knapp wird, kann ich ja nach Norwegen fahren und Blaubeeren pflücken. Wir haben Krzysztofs Eltern nicht erzählt, dass er nicht der Vater ist. Mit ein bisschen Glück bemerken sie es nicht, Krzysztof ist auch ziemlich dunkel, aber ich bin gespannt, ob das Kind Ahns Augen hat. Dann dürfte es mit der Zeit so einige Nachfragen geben. Krzysztof will eine exklusive Fliesenlegerfirma für die

Neureichen hier unten aufmachen. Aber auch in Norwegen arbeiten, sagt er. Er ist so fürsorglich und süß. Er fürchtet, ich könnte Heimweh bekommen, aber ich habe Heimweh nach nirgends. Nach dem, was ich durchgemacht habe, bin ich eigentlich an allen Orten zu Hause.

5. Oktober
Wir haben ein Haus gekauft. Es ist etwas renovierungsbedürftig, bietet aber viel Platz, und Krzysztof will das Bad und die Küche fliesen und eigentlich die meisten anderen Zimmer auch. Heute hat er sich vorsichtig erkundigt, ob ich vielleicht plane, Kontakt zu Ahn aufzunehmen und ihm zu erzählen, dass er Vater wird, aber das habe ich absolut nicht vor. Ich will meine Ruhe. Außerdem, wer weiß, wie Ahn reagiert? Sicher irrational. Und dafür hab ich keinen Nerv. Und es wäre für seine Konzentration schädlich, er würde möglicherweise wichtige Rennen verlieren. Ihm geht es gut, so wie alles ist. Einmal pro Monat gehe ich zur Kontrolluntersuchung. In meinem Bauch trampelt was, also ich meine, strampelt was. Fantastisch, dass da drin jemand ist. Der in ein paar Monaten rauskommt. Bei der letzten Kontrolle dachte ich, ich könnte eigentlich irgendwann mal Medizin studieren. In Gdansk wird ein englischsprachiges Medizinstudium angeboten. Muss nur erst das Gymnasium fertig machen. Der Rektor vom KG ist die Hilfsbereitschaft in Person, er sagt, ich kann meine Prüfungen falls nötig über mehrere Jahre verteilen, und Papas Kollege, der immer noch manchmal anruft, sagt, wenn ich selbst einen Antrag stelle, und zwar zu Ausbildungszwecken, dann würde man

mich bevorzugt berücksichtigen. Ich habe gesagt, ich bin nicht mehr selbstmordgefährdet, aber er meint, in meinem Fall können sie da ein Auge zudrücken. Übrigens haben wir geheiratet. Auf dem norwegischen Konsulat. Für eine kirchliche Hochzeit fehlt mir der Nerv. So lieb ist der liebe Gott dann doch noch nicht wieder. Dass ich überlebt habe, grenzt an ein Wunder, aber einen Gottesbeweis kann ich darin nicht sehen. So leicht verkaufe ich mich nicht. Krzysztofs Eltern brachten Brot und Salz und Wein, das sollten wir essen, das bedeutete irgendwas, und so feierten wir ein bisschen. Ich hatte schon Angst vor allen möglichen Zeremonien und anderem dummen Zeug, aber das lassen sie wohl, wenn die Braut hochschwanger ist. Besonders, wenn ein anderer Mann derjenige welcher ist. Aber das weiß ja nur Krzysztof.

3. November
Krzysztof hat zwei Wochen lang das Kinderzimmer gefliest. Ein irrsinnig kompliziertes Muster in allen möglichen Farben, mit Straßen und Parks und Autos und Seen. Das reinste Kunstwerk. Als ich endlich reindurfte, war ich sprachlos. Und darunter eine Fußbodenheizung. Er hat nicht direkt gefragt, aber mir ist aufgefallen, dass er einige Male nachdenklich wirkte, also sagte ich vor ein paar Tagen von mir aus, wenn bei dieser ersten Geburt alles glattgeht, kann ich mir vorstellen, nach und nach noch mehr Kinder zu bekommen. Es war rührend anzusehen, wie er sich da freute. Krzysztof ist stolz auf mich. Und seine Kumpel sind neidisch. Großes Haus und norwegische Frau. Muss das Tollste sein.

2. Dezember
Diesmal will ich nicht viel schreiben. Das habe ich schon mehr als genug getan. Und der Bauch ist zum Platzen prall. Also begnüge ich mich damit, in dem Puzzlezimmer, das Krzysztof für mich eingerichtet hat, das heutige Puzzleteilchen zu legen. Teilchen Nummer 234. 766 sind noch übrig. Das ist irgendwie mein Zimmer. Ich fühle mich hier wohl. Finch Hatton liegt zu meinen Füßen. Er liebt es, auf Böden mit Fußbodenheizung zu liegen. Ich habe Krzysztof gebeten, einen Text in die Bodenfliesen zu legen. Schreib weniger, lebe mehr. Das steht da.

31. Dezember

Ich habe ein Mädchen bekommen. Es heißt Astrid. Wie Mama. Sie ist das süßeste kleine Geschöpf der Welt und hat nicht die geringste Ahnung, dass wir es fast nicht geschafft hätten. Sie weiß nichts, außer, dass ich sie liebe. Aber das weiß sie. Ich kann sehen, dass sie das schon begreift. Und ich werde dafür sorgen, dass sie es nie vergisst. Und ich werde nie wieder in meinem Leben fliegen. Nie wieder. Krzysztof auch nicht. Hat er mir versprochen. Und jetzt ist dieses Buch vollgeschrieben. Von einem Deckel zum anderen. Und ich weiß nicht, ob ich mir wieder eins kaufe. Wirklich, ich weiß es nicht. Und ich werde Astrid beibringen, dass Museum Muleum heißt. Nein, Astrid, werde ich sagen, das heißt Muleum, egal, was die anderen sagen. Muleum, so heißt das.

Dank an Max für das Wort Muleum
Dank an Lily Fredriksson, sie weiß, wofür.
Und Dank an Alice – weil es sie gibt.